CHRISTIAN SIGNOL

Christian Signol est né en 1947 dans le Quercy. Après avoir suivi des études de lettres et de droit, il devient rédacteur administratif. Il commence à écrire et signe en 1984 son premier roman, *Les cailloux bleus,* inspiré de son enfance quercynoise. Témoignant du même attachement à son pays natal dans ses œuvres ultérieures, il publie notamment *Les menthes sauvages* (1985), *Antonin, paysan du Causse* (1986), *Les amandiers fleurissaient rouge* (1988). À partir de 1992, la trilogie de *La rivière Espérance,* qui fut la plus grande série jamais réalisée pour la télévision française, le fait connaître du grand public. Maître dans l'art des grandes sagas, il est également l'auteur des séries *Les vignes de Sainte-Colombe* (1996-1997) et *Ce que vivent les hommes* (2000). Plus récemment, il a publié, entre autres, *Bleus sont les étés* (1998) et *La promesse des sources* (1998).

Christian Signol habite à Brive, en Corrèze, et vit de ses livres qui connaissent tous un très large succès.

L'ENFANT DES TERRES BLONDES

DU MÊME AUTEUR
CHEZ POCKET

Le Pays bleu
1. LES CAILLOUX BLEUS
2. LES MENTHES SAUVAGES

La Rivière Espérance
1. LA RIVIÈRE ESPÉRANCE
2. LE ROYAUME DU FLEUVE
3. L'ÂME DE LA VALLÉE

LES CHEMINS D'ÉTOILES
LES AMANDIERS FLEURISSAIENT ROUGE
ANTONIN, PAYSAN DU CAUSSE
MARIE DES BREBIS
ADELINE EN PÉRIGORD

CHRISTIAN SIGNOL

L'ENFANT DES TERRES BLONDES

ROBERT LAFFONT

ISBN : 2-266-11010-1

Lorsque tu sens battre sans cause
Ton cœur trop lourd ;
Et que se taisent les colombes :
Parle tout bas, si c'est d'amour,
Au bord des tombes.

P. J. TOULET.

Et celui qui venait nous avait confondus
Nous étions tous les trois sans nous connaître
Et nous formions déjà
          Un monde plein d'espoir.

PIERRE REVERDY.

A Sophie

1

On habitait les Terres blondes. À un kilomètre du village, c'était un lieu-dit situé au milieu des prairies et des champs de maïs. Un chemin de terre y menait où les charrettes, l'été, faisaient lever des nuages de poussière, comme dans ces boules lumineuses qui enferment la Sainte Vierge et qu'on secoue, de temps en temps, pour mieux rêver.

J'aimais beaucoup l'odeur de cette poussière, surtout les jours de pluie. J'ai toujours aimé les parfums de chez nous, ceux des prés comme ceux des champs, ceux de la pluie comme ceux du soleil. Ceux de notre maison, aussi, que je respirais depuis toujours et qui m'accompagnaient du matin jusqu'au soir, à l'heure où j'allais me coucher sur ma paillasse de fanes de maïs qui sentaient si bon la terre chaude d'été. Dans la cuisine, en bas, flottait un mélange d'odeurs de fumée de bois, de gousses d'ail, de graisse d'oie — que ma mère gardait dans des toupines sous l'évier taillé dans la pierre — et de cire d'abeille.

La cire d'abeille, ma mère avait la manie d'en passer sur les meubles tous les jours. Je ne savais pas pourquoi. C'était une manie parmi d'autres, car elle en avait beaucoup. Au point qu'au village, à Saint-Martial, ils l'avaient baptisée l'« idéïoune », ce qui veut dire, en patois de chez nous : celle qui a de drôles d'idées. Et c'est vrai qu'elle avait de drôles d'idées, ma mère : elle parlait aux arbres, souvent, ce qui me faisait très peur. À l'école, j'étais obligé de me battre quand les autres se moquaient d'elle et me disaient qu'elle était folle. Je savais bien, moi, qu'elle n'était pas folle, puisqu'elle me comprenait. Aussi je me battais même contre les grands, jusqu'à ce que le maître arrive et nous sépare. Puis, quand je rentrais, le soir, je lui prenais les mains et je lui disais :

— N'aie pas peur, n'aie pas peur...

Mais je savais bien que c'était moi qui avais peur. Surtout qu'elle ne me répondait pas. Jamais. Et pourtant j'étais sûr qu'elle m'entendait. Elle regardait fixement devant elle, avec ses yeux si grands, si beaux, qu'ils me semblaient ouverts sur un gouffre qu'elle était seule à apercevoir et où je me serais bien jeté avec elle si elle me l'avait demandé. Mais elle ne me demandait rien.

Jamais. Et moi j'observais ses cheveux de paille bouclés, ses épaules rondes brunies par le soleil, ses bras dorés, et je pensais que j'aurais été bien, là, entre eux, si seulement elle avait voulu me prendre une fois contre elle et me serrer. Mais je devinais qu'il y avait tout au fond d'elle une grande cicatrice qu'on ne voyait pas mais qui me faisait aussi mal que si elle avait été ouverte en moi...

C'est à ces choses-là que je songeais, ce dernier jour d'école, assis sur le talus fleuri de bardanes et de coquelicots, où j'avais pris l'habitude de m'arrêter, chaque soir, avant de rentrer. Autour de moi, l'odeur des foins hauts tournait dans l'air calme et bleu de juillet. J'étais content de cette journée qui s'achevait, parce qu'elle annonçait les vacances, la fin de l'école où j'étais obligé de me battre et d'essuyer le sang, ensuite, sur ce talus, pour qu'on ne s'en aperçoive pas, chez moi, aux Terres blondes.

Je me sentais si bien que je me suis allongé sur le talus, puis j'ai levé la tête vers le ciel qui devenait vert et j'ai écouté les bruits de la vallée. Des bœufs rouges, le mouchail sur les yeux, tiraient un char à bancs qui grinçait sur la route, là-bas. Une poule faisane a traversé le champ dans un claquement d'ailes qui m'a fait sursauter, puis le silence est retombé. Il m'a semblé alors que la terre allait s'endormir, étourdie de chaleur et de fatigue, comme les hommes après une longue journée de travail.

Moi aussi, parfois, au moment des grands travaux, l'été, j'allais me cacher pour dormir dans le fenil, au-dessus de l'étable. J'aimais beaucoup cet endroit plein d'ombres et de secrets. Je m'enfonçais dans le foin, je fermais les yeux et j'imaginais que ma mère était près de moi, respirant doucement comme je l'avais entendue respirer un jour où j'étais malade et qu'elle m'avait accepté dans son lit. Il y avait longtemps, très longtemps. Et pourtant je n'avais pas oublié sa chaleur et le mouvement de sa poitrine qui se soulevait doucement. Ce jour-là, il m'avait semblé qu'il n'y aurait plus jamais de nuits ni d'orages, et que nous étions seuls, tous les deux, pour toujours. Et puis Gustave était arrivé et il m'avait chassé...

Ce n'était pas mon père, Gustave, mais il vivait avec nous, dans la maison, depuis qu'il s'était marié avec ma mère. Mon vrai père, je ne le connaissais pas. Mais je m'étais promis de le retrouver un jour, d'abord pour lui demander pourquoi il l'avait abandonnée, elle, qui avait tant besoin d'être protégée. L'avoir abandonnée, c'était quelque chose que je ne comprenais pas et qui faisait hurler des sirènes dans ma tête. Et je criais, surtout quand j'étais seul au milieu des prés, et je criais, et je criais, et puis je m'arrêtais, parce qu'il y a des choses qui font trop mal et qui ne servent à rien.

Alors j'essayais de remplacer mon père et je la défendais, elle, quand Gustave rentrait saoul du café. Les cris lui faisaient très peur, à ma mère. Pourtant Gustave n'était pas vraiment mauvais, sauf quand je lui tenais tête en répétant qu'il n'était pas mon père. Ça le rendait fou, Gustave : il répondait qu'il avait signé des papiers à la mairie, qu'il avait des droits sur moi et qu'il saurait s'en servir. Je le poussais à bout, surtout si ma mère se trouvait là. Je savais qu'en sa présence Gustave ne lèverait pas la main sur moi. Il avait essayé une fois, mais elle avait eu si peur qu'elle était tombée de tout son poids et qu'elle s'était fait très mal. Gustave n'avait pas oublié : il n'avait jamais recommencé...

Si je me souviens si bien de ce dernier jour d'école, c'est parce que c'est ce soir-là que tout a commencé. Mais je ne savais encore rien de ce qui m'attendait, sur ce talus qui m'était si familier et où je passais mon temps à rêver. Avant de repartir, j'ai vérifié que mes lèvres et mes genoux ne saignaient plus, puis j'ai traversé le chemin en direction d'un noisetier. J'ai arraché deux noisettes à une branche basse, je les ai cassées entre mes dents, mais je les ai crachées parce qu'elles n'étaient pas mûres.

Puis je suis parti vers la maison en renouvelant la promesse que je me faisais chaque soir à moi-même : « Je trouverai qui est mon père et je le lui ramènerai. Alors on vivra tous les trois dans une maison au bord de la rivière et ce sera toujours l'été. »

2

Un peu avant d'arriver, je me suis arrêté sur le chemin pour écouter si Gustave était rentré ou pas. Devant moi, la métairie semblait endormie. C'était une maison basse, sans étage, aux volets peints en vert. Dans la cour, une remise abritait une charrette bleue et des outils, face à l'étable où l'on entreposait le foin et la paille des vaches. Il y avait aussi des poules, des canards, une râteleuse aux dents cassées, une vieille Juvaquatre sans roues, un puits et un abreuvoir. J'avais l'impression de connaître cette cour depuis avant ma naissance, et cette idée, je ne savais pas pourquoi, me consolait de tout ce qui ne tournait pas rond dans ma tête.

On ne trouvait pas d'autres fermes dans un rayon d'un kilomètre. La route passait à trois cents mètres de la maison et s'en allait sur la droite vers Jumillac entre des champs de maïs et de tabac, sur la gauche vers Saint-Martial, le village où j'allais à l'école. Là-bas, de grands frênes poussaient au bord de la rivière et un pont à trois arches portait une route blanche qui menait vers d'autres plaines, de l'autre côté d'une colline verte, plus loin.

Il y avait un tel silence sur la vallée, ce soir-là, que j'ai cru un instant que tout le monde était mort sur la terre. Alors j'ai couru vers la porte qui était ouverte et j'ai aperçu ma mère qui était assise face à l'entrée, de l'autre côté de la table, immobile, très droite, comme à son habitude. Elle avait mis le couvert et m'attendait, les yeux fixés droit devant elle, avec cet air d'être partie très loin, si loin qu'il me semblait parfois que je ne la rejoindrais jamais. Je savais par Gustave que ses yeux avaient été bleus autrefois, mais un voile de nuit était descendu sur eux et ils étaient devenus gris. Je les trouvais beaux quand même, mais je n'arrivais pas à lire en eux et à les comprendre comme je l'aurais souhaité.

Je me suis assis face à elle et je lui ai dit, sachant que Gustave rentrait souvent très tard quand les jours étaient longs :

— Faut pas l'attendre. C'est pas la peine.

Son visage s'est animé un peu : elle s'est levée pour aller chercher la soupière sur le trépied, puis elle l'a posée devant moi, et je l'ai servie en disant :

— Allez ! Mange et rassieds-toi !

Elle a paru ne pas m'entendre, comme toujours, mais elle a pris son assiette et s'est mise à manger, tandis que je répétais :

— Tu peux t'asseoir puisqu'il n'est pas là.

Elle ne m'a pas écouté davantage et elle est restée debout, habituée qu'elle était à servir les hommes, à prendre ses repas à la sauvette comme si elle n'y avait pas droit. J'ai mangé ma soupe sans cesser de la regarder, sinon le temps de porter la cuillère à mes lèvres.

J'aimais beaucoup me retrouver seul avec elle, le soir, et lui parler, même si elle ne me répondait pas. Pendant ces moments-là, j'avais l'impression que je pouvais tout lui dire, même ce qui m'étouffait : que je me serais coupé une jambe pour qu'elle redevienne comme avant, que je lui ramènerais un jour mon père et que je saurais l'aimer autant que lui, avec cette force terrible qui me faisait me jeter contre les murs quand je la croyais seule, penchée au bord du puits que j'avais en vain essayé de recouvrir avec un couvercle fermé par une chaîne et un cadenas. Mais Gustave les avait arrachés. Il prétendait qu'elle avait besoin d'eau pour sa cuisine et qu'on pouvait pas vivre avec la peur et les idées folles toute la journée, comme ça...

Après la soupe, nous avons mangé des haricots et du fromage blanc, elle toujours debout, moi pressé de finir avant le retour de Gustave. Ensuite, je l'ai aidée à débarrasser la toile cirée et à mettre à réchauffer la soupe sur le feu, puis je lui ai dit :

— Viens ! on a le temps.

Je lui ai pris la main pour l'emmener dehors et je

l'ai fait asseoir sur le banc, sous le grand tilleul qui était en fleur. Après, je me suis allongé, j'ai posé ma tête sur ses genoux et j'ai fermé les yeux. Une odeur de foin est passée, portée par un petit vent de nuit, puis celle du chèvrefeuille qui tapissait l'un des murs de la maison. Nous étions seuls et elle n'appartenait qu'à moi, ce que j'avais attendu tout le jour. Une grande paix est descendue sur nous, et nous en avons profité un long moment, en silence. Puis un chien s'est mis à aboyer dans la nuit qui tombait et tout s'est arrêté. Alors je lui ai demandé doucement :

— Pourquoi tu parles aux arbres, comme ça ?

Je savais que ce n'était pas la peine de lui poser cette question, mais j'en avais besoin, souvent. J'espérais je ne savais quoi, au juste : un sursaut, une petite lumière dans sa mémoire, une étincelle qui me donnerait enfin la clef de ce secret si terrible que je cherchais à percer chaque jour, chaque nuit. Mais elle ne répondait pas, jamais, même dans ces moments où, je le sentais, elle était tout près de moi. J'ai ajouté, sans bien savoir pourquoi :

— N'aie pas peur, je ne te laisserai jamais seule.

Ma main a trouvé la sienne, qui demeurait immobile dans mes cheveux, et l'a serrée. J'ai eu l'impression qu'elle serrait la mienne à son tour et, comme chaque fois que je parvenais à faire s'écrouler le mur qui nous séparait, j'ai senti quelque chose qui bougeait dans mon cœur. Puis elle s'est mise à fredonner une chanson, toujours la même, sans que je puisse en comprendre les mots. J'aurais donné ma vie pour qu'elle ne s'arrête jamais, mais tout s'arrête toujours, et surtout ce qu'on aime. Il y avait longtemps que j'avais compris ça. Aussi, quand j'ai entendu la moto de Gustave dans le lointain, je n'en ai pas été étonné. J'ai entraîné ma mère vers la maison afin qu'elle mette le couvert et je suis revenu m'asseoir sur le pas de la porte pour attendre l'arrivée de Gustave.

Le bruit de la machine avait suffi pour me faire oublier les minutes paisibles qui venaient de passer. J'ai suivi dans ma tête le trajet de Gustave sur le chemin : la croix, le noisetier, les deux chênes, la grange de Garissou, et la cour, enfin, où la moto a débouché, précédée par la lueur tremblotante du phare. Je savais dans quel état se trouvait Gustave selon qu'il gardait difficilement son équilibre sur ses jambes ou se levait très vite de son siège. Ce soir-là, Gustave m'a paru encore plus mal en point que d'ordinaire. Alors je me suis éloigné rapidement pour passer de l'autre côté de la table et m'en faire un rempart. Puis j'ai vu apparaître son corps trapu, ses cheveux bruns, sa figure épaisse aux lèvres lourdes, et ses yeux noirs qui ont jeté dans la cuisine des regards pleins de fièvre.

Gustave s'est écroulé sur sa chaise, s'est servi la soupe qui attendait près de son assiette, puis il a bu un grand verre de vin et s'est essuyé les moustaches d'un revers de main en nous regardant d'un air de colère. C'est à ce moment-là qu'il a dit d'une voix mauvaise :

— Paraît que la propriétaire est morte.

Je ne l'avais vue qu'une fois, la propriétaire, et j'en gardais le souvenir d'une grande femme aux cheveux blancs qui m'avait donné du chocolat. Mais cette seule phrase de Gustave venait d'augmenter le malaise qui s'était emparé de moi dès que j'avais entendu la moto. Je me suis aperçu que ma mère, contre mon épaule, tremblait malgré la chaleur, et j'ai compris qu'elle ressentait la même chose que moi. Alors j'ai dit pour la rassurer :

— On est chez nous, ici.

Gustave a relevé la tête, puis il a marmonné :

— C'est bien mon avis ! La terre appartient à ceux qui la travaillent.

Et puis, comme si le vin effaçait aussitôt les idées qui lui venaient, s'adressant à ma mère :

— J'ai vu les autres. Ils viendront pour les foins et les battages. C'est toi qui rendras les journées.

J'ai volé aussitôt à son secours en demandant :

— Pourquoi pas moi ?

Je savais que les paysans des alentours préféraient la faire venir, elle, plutôt que Gustave qui se saoulait, parce qu'elle travaillait bien. Il suffisait de lui expliquer, c'était toujours bien fait.

Mais elle était seule chez les autres, sans défense, et comme je ne pouvais pas supporter cette idée, je courais vers elle.

— Où cours-tu, « pitiou » ? me demandaient les gens.

Je ne répondais pas. Je courais, le cœur fou, incapable de penser à autre chose qu'aux dangers qui la menaçaient. J'avais besoin de la voir, de lui parler, d'être sûr qu'il ne lui était rien arrivé. Une fois près d'elle, rassuré, je lui disais :

— C'est rien, c'est rien... je m'en vais.

Et je repartais, soulagé pour une heure ou deux, le temps que, de nouveau, la peur revienne. C'est pour cette raison que j'en voulais à Gustave de ne pas rendre lui-même les journées et, quand je gardais les vaches, le soir, je les laissais s'échapper dans la luzerne en espérant qu'elles en crèveraient. Et puis je prenais peur et je les ramenais dans le pré...

Mais je n'avais pas toujours peur de Gustave, et ce soir-là moins que les autres soirs. Alors j'ai répété, sans baisser les yeux :

— C'est moi qui irai.

— Non ! a crié Gustave, tu resteras ici, j'ai besoin de toi !

Il a cogné sur la table, a essayé de se lever, mais, comme il tenait à peine sur ses jambes, il s'est assis de nouveau en menaçant :

— Attends que j'aie fini de manger et tu vas voir !

Ma mère s'est approchée, effrayée, et j'ai préféré

ne pas insister parce que je savais que de toute façon je ferais ce que je voudrais. Après, je suis sorti dans la nuit pleine d'étoiles et je me suis enfoncé dans l'ombre chaude, accompagné par le chant des grillons. J'ai pensé très fort que c'était la première nuit du monde, que rien n'avait encore été décidé, et que ma mère était redevenue comme elle était à vingt ans. Ah ! si seulement j'avais pu la connaître à cet âge ! J'étais certain que si j'avais vécu à ses côtés, alors, il ne lui serait rien arrivé... C'était une habitude, chez moi, de rêver. Parfois, si je ne rêvais pas, la tête me faisait si mal qu'il me semblait qu'elle allait se fendre en deux, comme un arbre sous la foudre pendant les gros orages d'été.

J'ai suivi un long moment le chemin en pensant à ce que serait ma vie sans Gustave, mais avec mon vrai père. J'ai essayé de l'imaginer, comme j'en avais l'habitude chaque fois que je me retrouvais seul. Je le voyais grand, mince, brun, avec des mains longues et fines, un beau sourire, et j'étais sûr qu'il était vivant quelque part. Je me disais que c'était pas possible de vivre, sinon. En quittant le chemin de terre, je suis entré dans un champ de maïs en soulevant les vagues d'un parfum si fort que ma tête s'est mise à tourner. Chaque fois que j'entrais dans un champ de maïs, cette odeur éveillait en moi l'envie folle du jour où je pourrais être enfin heureux. Plus tard. Quand nous serions réunis tous les trois, que ma mère aurait cessé de parler aux arbres, que Gustave serait loin pour toujours.

Je me suis laissé tomber en arrière et il m'a semblé que je coulais au fond d'un étang tiède d'où je ne remonterais jamais. Alors, en fermant les yeux, j'ai eu l'impression que ma mère se penchait sur moi, et enfin me parlait.

3

C'était un été brûlant que cet été-là. Chaque matin la chaleur descendait sur la plaine de bonne heure, grillait les champs et soulevait sur les aires de grandes vagues blanches qui semblaient vouloir monter jusqu'au ciel. La nuit, on laissait bien les fenêtres ouvertes, mais on n'arrivait pas à chasser la chaleur installée entre les murs épais, et je me disais qu'il n'y aurait plus jamais d'hiver sur la terre.

C'est pour cette raison que je partais le plus tôt possible faire les courses au village. Je n'achetais pas grand-chose, sinon un peu d'épicerie ou ce qu'on ne pouvait pas produire aux Terres blondes. Quand elle n'avait plus de sel, ou de poivre, ma mère posait la boîte vide sur la table et je comprenais ce que ça voulait dire. Les commerçants notaient les achats, et Gustave passait payer quand il y pensait.

Saint-Martial, c'était quelques commerces

groupés autour d'une petite place toute ronde, dont l'église était le centre. Il y avait un café, un tabac, une épicerie, une boulangerie, un vieux coiffeur que je connaissais bien et qui me prêtait des livres. Ce n'étaient pas les textes qui m'intéressaient, mais les images. Celles que je préférais, c'étaient celles qui représentaient les montagnes ou l'océan. Moi, je n'en avais jamais vu, des montagnes. L'océan non plus, je ne l'avais jamais vu. Chez nous, c'est plat et l'on voit très loin jusqu'à l'horizon, si loin que quelquefois j'avais envie de partir et de ne jamais revenir. Et puis je pensais à ma mère et je m'en voulais, parce que je savais qu'elle aurait toujours besoin de moi.

J'avais un autre ami, au village : c'était Bégu, le cantonnier, que je rencontrais souvent sur les chemins. Je l'aimais bien parce qu'il ne me chassait pas quand je lui posais toujours cette même question :

— Tu sais qui est mon père, toi ?

Bégu tournait vers moi ses yeux couleur de fontaine et répondait :

— Écoute ! même si je le savais, je pourrais pas te le dire.

— Pourquoi ?

— Parce que c'est pas à moi de te le dire.

Puis il me prenait par les épaules et ajoutait :

— De toute façon, je le sais pas.

Alors je lui demandais pourquoi ils disaient au

village que ma mère était folle et Bégu répondait de sa voix calme, en me regardant dans les yeux, que c'étaient eux qui étaient fous. Voilà pourquoi je l'aimais bien...

Le patron du café, qui était aussi le maire, s'appelait Ambroise, et sa femme Pascaline. L'été, ils recevaient des vacanciers et gagnaient assez d'argent pour en vivre toute l'année. Le reste du temps, ils servaient à boire à ceux du pays et à Gustave qui passait chaque soir en revenant des champs.

L'épicerie, c'était chez la Miette : une petite vieille qui avait deux griffes de moustache au coin des lèvres, qui ne savait guère compter et qui était sourde. Tout le monde en profitait, et moi aussi, car sa boutique sombre était pleine de trésors : caramels, réglisses, Mistrals gagnants, harengs fumés, café en grains, tant d'autres choses encore dont l'odeur me montait à la tête dès que je poussais la porte et ne me quittait plus de toute la journée. Je volais des bonbons, des chewing-gums, des surprises, mais quelquefois aussi je payais.

Le boulanger s'appelait Louisou. C'était un colosse au maillot de corps blanc, aux cheveux bruns frisés, qui avait un bec-de-lièvre. Sa femme, Rosalie, me donnait parfois des longuets ou des croissants. Quelquefois aussi elle jetait la note qu'on ne pouvait pas payer dans le feu et me disait : « Tu vois, ça brûle encore mieux que les fagots de Louisou. »

Les paysans habitaient les lieux-dits des alentours : Laulerie, Les Farges, La Gondie, Lavalade, Les Méthives. Ils s'appelaient Condamine, Garissou, Estève, Vidalie, Combessou ou Jarétie, et c'était avec leurs enfants que je me battais à l'école. D'ailleurs, si je l'avais pu, je me serais même battu avec l'instituteur : M. Valeyrac. Je ne comprenais rien à ce qu'il expliquait. J'essayais, pourtant, et de toutes mes forces, mais je pensais toujours à ma mère, je me demandais où elle se trouvait, ce qu'elle faisait, si elle n'était pas en danger. Parfois, il me semblait qu'elle se penchait au-dessus du puits et j'avais le cœur qui devenait fou. Alors je criais pour l'empêcher de tomber et le maître, pour me punir, m'envoyait dans la cour où j'attendais la fin de la classe en comptant sous le préau les fourmis dans le sable.

Enfin, au village j'allais souvent chez Léonie, une vieille femme, noire de la tête aux pieds. Elle habitait, sur le chemin de la rivière, une maison qui n'ouvrait jamais ses fenêtres. Les gens du village la craignaient parce qu'elle avait la réputation de lever les « encontres [1] » de la terre et de l'air. Mais elle soignait aussi, avec des herbes qu'elle ramas-

1. Maux mystérieux.

sait pendant les nuits de pleine lune et qu'elle rapportait dans un grand sac jeté sur ses maigres épaules.

Moi, je n'en avais pas peur. Je m'arrêtais souvent chez elle au retour de la pêche et je lui donnais des poissons. Elle les aimait beaucoup, les poissons. D'ailleurs elle braconnait la nuit dans la rivière et ne s'en cachait pas. Le garde de Jumillac aurait été bien en peine de lui dresser procès-verbal : c'est elle qui soignait son asthme. Avec moi, elle se montrait très patiente et savait m'écouter. Je lui racontais toutes ces choses qui me traversaient la tête, parfois, et qui me faisaient si peur. Je lui disais que, si on me prenait ma mère pour l'enfermer, je me tuerais ; que, si elle ne me parlait pas, je la comprenais beaucoup mieux que ceux qui parlent tout le temps ; enfin toutes ces choses qui me faisaient si mal que je les criais au vent et aux nuages. Je lui disais que j'aurais bien voulu être un arbre pour que ma mère me caresse comme elle caressait l'écorce d'un chêne, au bord de la route, là-bas ; qu'elle pouvait me faire mal, si elle voulait, que je ne l'abandonnerais pas pour autant, bien au contraire.

— « Bestiassou » ! disait Léonie, t'as pas autre chose à penser à ton âge ?

Elle savait tout sur les familles du pays. Elle promenait sa vache en tricotant et en regardant autour d'elle, dans les prés, dans les champs, dans les maisons. Elle avait bien connu ma mère, autrefois, avant le malheur qui était arrivé, je ne savais pas quand, mais que personne ne semblait avoir oublié. C'était grâce à elle que j'avais appris que ma mère n'avait plus de famille, ses parents étant morts quand elle était enfant. Par la suite, elle avait été placée à droite et à gauche dans les fermes, puis, grâce à Léonie qui était une cousine germaine, chez les Servantie : les anciens métayers des Terres blondes, que Gustave avait remplacés. Moi, je voulais toujours en savoir plus et je n'arrêtais pas de l'interroger.

— Elle était d'où ? Elle s'appelait comment ?

— Avant Gustave, elle s'appelait Aurore Laverdet. Ses parents tenaient une métairie près de Jumillac, sur la route du Bugue.

C'était tout ce que je savais. Avant de m'appeler Viala, comme Gustave qui m'avait reconnu, je m'appelais donc Laverdet, de son nom à elle, puisque j'avais été déclaré de père inconnu. Parfois, quand je courais chez Léonie pour trouver des réponses aux questions que je me posais, que j'avais l'impression de devenir fou à force de chercher, elle me disait :

— Plains-toi, va ! Tu es l'enfant du paradis.

4

En partant de bonne heure au village, le matin, j'évitais Gustave qui trayait les vaches avant de s'en aller aux champs. Alors, quand je revenais, je pouvais rester avec ma mère qui préparait le repas de midi. Car elle n'allait pas à Saint-Martial, elle, ou très rarement. Je prenais les devants pour qu'elle n'ait pas besoin de s'y rendre. Je savais en effet que les enfants avec lesquels je me battais à l'école la suivaient pour se moquer d'elle. Quand j'y pensais, j'imaginais que j'avais un fusil dans les mains et que je tirais sur eux, car l'idée de la voir souffrir me rendait fou. Et c'est vrai que j'en aurais été capable pour les empêcher de lui faire du mal.

Heureusement, elle se souvenait de ce qui s'était passé une fois et elle n'y allait plus. Elle préférait partir dans la campagne, le plus souvent sur le même chemin. Quand je me trouvais là, je la suivais de loin au cas où elle ferait de mauvaises rencontres. Mais il m'était difficile de deviner ce qui lui passait par la tête et elle échappait souvent à ma surveillance. D'ailleurs c'était pas possible de veiller sur elle continuellement.

Je me rassurais comme je pouvais en me disant que les grandes personnes ne se conduisent pas forcément comme les enfants. Certaines, même, lui parlaient doucement, avec précaution, et, si je n'aimais pas le ton qu'elles prenaient pour s'adresser à elle, je savais qu'elle n'avait rien à craindre. J'avais pourtant envie de leur dire : « Parlez-lui comme à tout le monde ; elle comprend. » Puis je me disais qu'il y a des choses qu'on ne peut expliquer à personne et je me taisais.

Ce matin de juillet, en revenant de Saint-Martial, je me dépêchais de rentrer car je savais que Gustave l'avait emmenée à La Gondie pour aider aux fenaisons chez les Condamine. Il faisait si bon, à neuf heures, que j'aurais bien voulu prendre mon temps, pour une fois, cesser de courir et chercher les nids dans les haies ou les asperges sauvages dans les prés. Au lieu de cela, j'étais obligé de me presser, comme toujours, en réfléchissant au moyen de détourner l'attention de Gustave, pour pouvoir repartir vers La Gondie dès que j'aurais déposé les provisions dans le buffet.

Comme il y avait quelques violettes au bord du fossé, l'idée m'est venue d'en ramasser pour ma mère. Mais j'y ai renoncé comme je renonçais depuis toujours à tout ce qui m'éloignait d'elle.

J'aurais bien voulu, pourtant, m'allonger un moment dans l'herbe et rêver à des endroits tranquilles et à des jours sans soucis. C'était souvent insupportable, ces menaces de la vie, chaque jour. J'aurais donné tout ce que j'avais pour vivre comme tout le monde et sortir de ce rêve mauvais qui durait depuis si longtemps. Mais non, il me fallait courir, courir encore, comme ce matin-là, dans la lumière dorée de cet été si beau.

Quand je suis arrivé à la métairie, il y avait une grande voiture noire garée dans la cour, et le chien aboyait en direction d'un homme vêtu d'un costume de ville, qui était appuyé contre la carrosserie et ne semblait pas très rassuré. J'ai calmé le chien — un corniaud aux poils roux que les coups de Gustave avaient rendu méchant — puis je me suis approché. Comme l'homme me demandait si M. Viala était chez lui, j'ai répondu :

— Je ne crois pas, mais il ne va pas tarder à arriver.

— Vous êtes son fils ?

J'ai dit, très vite, avec un mouvement de recul :

— Non. Je ne suis pas son fils.

Puis, sans savoir pourquoi, j'ai eu l'impression que mon père devait ressembler à un homme comme celui-là, avec un beau costume et des lunettes à la monture dorée.

— Ah bon ! a fait l'homme tout en me suivant vers la maison où je voulais déposer les provisions.

J'ai hésité à prendre la clef qui devait se trouver entre deux pierres sous la fenêtre. Comme je ne savais pas à qui j'avais affaire, j'ai préféré ne pas entrer et je lui ai dit en me retournant brusquement :

— J'ai pas la clef.

Il a grommelé quelques mots, mais sans paraître vraiment contrarié. A cet instant, le bruit d'une moto s'est fait entendre sur la route et a grandi rapidement. J'ai dit :

— Ce doit être lui ; vous n'aurez pas attendu très longtemps.

Je suis revenu vers le portail que Gustave n'a pas tardé à franchir, tout en jetant un regard noir vers la voiture. Il a appuyé le guidon de la moto contre le mur de la grange et, sans s'intéresser à l'homme qui venait vers lui, il a fait semblant d'examiner le moteur qui fumait.

— Je suis maître Delors, notaire à Jumillac, a dit l'homme au costume ; vous êtes monsieur Viala ?

— Oui, c'est moi, a grogné Gustave, qui se méfiait de tous les inconnus, à plus forte raison s'ils portaient un costume.

— Je voudrais vous parler.

— J'ai pas bien le temps, a répondu Gustave en ouvrant la porte de la grange.

L'homme l'a suivi en disant :

— C'est important et je n'en ai pas pour très longtemps.

Je ne pensais plus à ma mère car j'étais très intrigué par ce notaire qui ne paraissait pas décidé à se laisser impressionner par Gustave et qui, l'ayant rejoint, reprenait :

— Votre propriétaire est morte. Son frère a hérité des terres et de la maison, mais il vit à Paris et il n'a qu'un seul souhait : vendre le plus vite possible. Vous n'ignorez pas que votre bail est caduc depuis longtemps. Si vous n'achetez pas, vous allez devoir quitter les lieux.

Gustave a pâli brusquement. J'ai cru qu'il allait se jeter sur le notaire, mais, après une brève hésitation, il s'est contenté de demander d'une voix mauvaise :

— Avec quoi voulez-vous que j'achète ? J'ai pas le sou.

— Ce n'est pas mon affaire.

— Mon affaire à moi, a lancé Gustave, c'est que personne ne me prendra une terre que je travaille depuis plus de dix ans.

Le notaire a soupiré, puis il a repris :

— Mais enfin ! vous le savez bien que vous n'avez plus aucun titre !

— Peut-être, a dit Gustave, de plus en plus furieux, mais j'ai un fusil.

J'étais venu sans m'en rendre compte me placer au côté de Gustave, face à celui qui nous menaçait.

Je me demandais ce que nous allions devenir si nous étions vraiment chassés de la métairie, et surtout si ma mère allait le supporter. Est-ce que nous n'allions pas être séparés ? Je n'avais qu'une envie : que Gustave se débarrasse de cet homme qui apportait le malheur avec lui, au besoin par la force. Le notaire a dû sentir le danger, car il a brusquement changé de ton.

— Ne le prenez pas comme ça, Viala, a-t-il dit ; je suis venu pour vous aider, pas pour vous créer des ennuis. Je me suis occupé de demander pour vous un crédit à la banque ; si elle accepte de vous prêter, il vous suffira de signer les papiers et tout pourra s'arranger.

— Et je resterai ici ?

— Et vous resterez ici, mais il faudra payer les traites.

— J'ai pas d'argent, je vous l'ai déjà dit.

— Ce sera calculé au plus juste, ne vous inquiétez pas.

— Bon ! a fait Gustave, si on peut rester ici, je signerai tout ce qu'on voudra.

— Passez donc me voir dans trois jours à Jumillac ; ce sera prêt, a ajouté le notaire.

— C'est entendu, a dit Gustave, je viendrai.

Le notaire a paru satisfait. Il a parlé un peu du temps qu'il faisait — il semblait beaucoup souffrir de la chaleur —, s'est montré aimable, s'est intéressé aux récoltes prochaines, a flatté de la main la croupe des vaches, puis, comme s'il se rappelait un rendez-vous urgent, il a serré brusquement la main de Gustave et il est revenu rapidement vers sa voiture en surveillant le chien, qui grognait sur ses talons. Gustave l'a regardé démarrer avec un sourire mauvais, puis il s'est tourné vers moi et m'a dit :

— Ne t'en fais pas : j'ai une caisse de cartouches dans la grange.

Je me suis senti rassuré et je suis parti vers la maison pour placer les provisions dans le buffet. Mais j'avais à peine atteint la porte que Gustave m'a rappelé en disant :

— Ne t'en va pas. Il faut emmener la Poulide aux Méthives.

Songeant de nouveau à ma mère qui était seule à La Gondie, j'ai essayé de couper à la corvée avec le premier mensonge qui m'est passé par la tête.

— J'ai oublié le sucre à Saint-Martial. Il faut que j'y retourne.

— Nom de Dieu ! a crié Gustave, tu y retourneras demain. A présent détache la vache et fais ce que je te dis. Ils sont prévenus, là-bas. Dépêche-toi !

Comme il approchait, menaçant, les bras légèrement écartés le long du corps dans une attitude que je connaissais bien, j'ai posé le pain et le café sur le rebord de la fenêtre et je suis revenu vers la grange. Là, j'ai tenté une dernière fois de m'échapper, mais Gustave a crié :

— Si tu continues à me chercher, tu vas finir par me trouver !

Je n'ai pas insisté et j'ai pris la chaîne de la Poulide pour la tirer vers la cour. Elle m'a suivi sans difficulté parce que c'était une bête très calme, la plus facile à mener des quatre vaches de la métairie. Puis je suis parti en direction des Méthives, une ferme qui se trouvait sur la route de Jumillac, à plus d'un kilomètre des Terres blondes.

Il faisait très chaud, déjà, à dix heures, mais je marchais aussi vite que je le pouvais car je voulais être rentré avant midi. Je savais en effet que les fenaisons, comme les moissons ou les battages, étaient l'occasion de banquets où les hommes buvaient beaucoup et j'avais peur pour ma mère qui était seule, sans personne pour la défendre.

La terre des champs semblait cuire sous le soleil. Il n'y avait pas le moindre bruit autour de moi, pas le moindre souffle de vent ni le moindre chant d'oiseau. L'air était épais comme du plâtre et j'avais soif, déjà, en tirant de toutes mes forces la vache en direction des Méthives dont j'apercevais le toit rouge entre les peupliers, là-bas, à l'extrémité d'un champ de tabac. Quand j'y suis arrivé, au bout d'une heure d'efforts, le père Vidalie n'était pas là. Sa femme a envoyé le domestique le chercher, mais l'homme a mis longtemps avant d'apparaître sur une vieille bicyclette à gros ballons. Ensuite, il a fallu préparer le taureau, amener la vache, ce qui a pris encore une demi-heure. Enfin, j'ai pu repartir, après avoir bu le vin frais que m'a servi la femme de Vidalie, qui ressemblait à Léonie.

Au retour, j'ai dû tirer la Poulide tout le long du chemin car elle n'avait pas du tout envie de regagner l'étable et elle s'attardait pour paître l'herbe rousse au revers des fossés. Ça n'a pas été sans peine que je suis arrivé aux Terres blondes, bien après midi. Gustave avait commencé de manger le ragoût préparé par ma mère. Je me suis dépêché d'attacher la vache et d'expliquer à Gustave comment ça s'était passé, puis, avant qu'il ait eu le temps de me retenir, je suis parti en courant sous le soleil qui faisait briller des gouttes de sueur au bord de mes cils.

5

Je courais, je courais, et il me semblait je n'avais pas cessé de courir depuis que j'étais né. Courir pour aller à l'école, pour en revenir, pour échapper à Gustave, passer d'un travail à un autre, voler au secours de ma mère, oublier qu'elle parlait aux arbres et que ça me faisait très peur. J'ai sauté le ruisseau qui était presque à sec, j'ai longé le petit bois de châtaigniers, traversé des maïs déjà hauts, tourné à droite, enfin, pour prendre le sentier qui menait à La Gondie. C'est là que j'ai trouvé Bégu, qui était allongé à l'ombre d'un églantier.

— Mais où cours-tu ? m'a demandé Bégu d'une voix ensommeillée. T'es pas fatigué de toujours courir, comme ça ?

J'ai voulu lui expliquer que ma mère était seule à La Gondie, mais il a fait semblant de ne pas comprendre.

— Si c'est pas malheureux de te voir galoper

sous ce soleil ! À l'heure qu'il est, ta mère, elle mange tranquillement avec les femmes.

Je n'ai pas répondu et je suis reparti. Un peu plus loin, j'ai longé une haie pour essayer de profiter de son ombre maigre, mais, passé le petit bois de châtaigniers, il n'y avait plus ni arbres ni haies avant les bâtiments de La Gondie que j'apercevais, au loin, tremblants dans la brume de chaleur.

La Gondie, c'était la propriété la plus importante de la vallée : des prés, des champs de blé, de maïs, d'orge et de tabac. Plus de quatre-vingts hectares sur lesquels les Condamine vivaient à l'aise avec, à leur service, des domestiques et des femmes de peine. Contrairement aux fermiers de la région, eux étaient propriétaires. Aussi en imposaient-ils aux paysans des alentours qui mettaient un point d'honneur à venir les aider pour les fenaisons et les moissons. En revanche, les Condamine n'envoyaient aux Terres blondes qu'un seul de leurs domestiques, mais Gustave n'y trouvait rien à redire. Chez nous, les récoltes n'étaient pas assez importantes pour occuper des dizaines d'hommes et de femmes comme dans les grandes propriétés.

Quand je suis arrivé dans la cour où des tables sur tréteaux avaient été dressées à l'ombre du grand tilleul, j'ai entendu les rires et les éclats de voix, coutumiers au cours de ces repas. J'ai fait machinalement le tour de la table qui rassemblait une trentaine d'hommes et quelques femmes. C'est alors que je l'ai aperçue, elle, debout, très droite, qui tournait la tête à droite et à gauche d'un air affolé. Deux hommes très rouges et très gros la tenaient par un bras, de chaque côté, et criaient :

— Allez ! Chante ! Fais voir comme tu sais bien chanter !

Tous ceux qui étaient autour de la table criaient aussi, tandis qu'elle les regardait sans comprendre, épouvantée par ces cris et ces regards braqués sur elle. Comme chaque fois qu'elle était en danger, des milliers de sirènes se sont mises à hurler dans ma tête et j'ai cru que le soleil éclatait. J'ai couru dans la grange où je me suis emparé d'une fourche, puis je suis revenu vers la table et, sans réfléchir à ce que je faisais, j'ai piqué deux fois dans le dos de l'homme qui criait le plus fort. Je crois bien que c'est à ce moment-là que les autres m'ont aperçu, mais ils ont continué à rire et à crier comme si je n'étais pas là.

Seul celui que j'avais piqué s'est retourné et a tenté de m'arracher la fourche des mains. J'ai reculé d'un pas et j'ai cherché vraiment cette fois à lui faire mal, tellement son rire m'était insupportable. Puis j'ai senti des bras me ceinturer par-derrière et la fourche m'a été arrachée des mains. En me débattant, j'ai quand même réussi à desserrer l'étau qui me retenait prisonnier, puis je me suis approché de ma mère. Les hommes riaient toujours, renversés en arrière, mais je sentais qu'ils se forçaient, maintenant, et qu'ils étaient gênés. Les femmes, elles, baissaient la tête, au contraire, ou faisaient mine de ranger les assiettes. Ma mère demeurait debout, tournait toujours sa tête affolée dans toutes les directions, et il y avait en même temps un sourire sur ses lèvres et quelques larmes sur ses joues.

J'ai réussi à lui prendre la main et à l'entraîner vers la buanderie. Dès que j'ai eu refermé la porte derrière moi, j'ai regretté de ne pas avoir pu emporter la fourche. J'avais déjà eu affaire à la lâcheté et à la bêtise des grandes personnes — ça arrivait souvent, pour les enfants, à la campagne — mais c'était moi seul qui étais en danger et non pas elle. Je m'en étais tiré avec des bleus et voilà tout. Mais elle, elle ne savait pas se défendre : elle me regardait sans comprendre et souriait toujours en avalant les larmes arrêtées au coin de ses lèvres. J'aurais fait n'importe quoi pour ne plus voir ce sourire et je crois bien qu'il m'avait donné la force de tuer. Mais nous étions seuls, à présent, et je n'avais plus de fourche. Je l'ai fait asseoir sur un tabouret, j'ai enlevé ma chemisette et je l'ai mouillée sous le robinet. Puis je l'ai passée sur le front et sur les joues de ma mère en disant :

— N'aie pas peur, c'est fini, c'est fini...

À cet instant, la femme de Condamine, une

grande maigre à chignon qui s'appelait Ida, a ouvert la porte et m'a dit :

— Ne t'en fais pas, va ! ils sont plus bêtes que méchants.

J'ai compris qu'elle était contrariée quand elle m'a demandé d'une voix très douce :

— Tu as besoin de quelque chose ?

Non, je n'avais besoin que de tranquillité. Dès qu'elle a eu refermé la porte, je me suis assis au bord du bac à lessive, face à ma mère, qui, maintenant, comme si elle avait enfin compris ce qu'on lui demandait, chantonnait son refrain habituel, celui du banc, devant la maison, quand le soir s'étendait sur nous comme un drap parfumé. Les sirènes ont recommencé à hurler dans ma tête. Alors j'ai plaqué ma main devant la bouche de ma mère en disant :

— Arrête ! Tais-toi ! C'est fini, c'est fini !

Mais elle ne m'a pas entendu et a continué un long moment, tandis que je répétais, à bout de courage :

— Je t'en supplie, tais-toi !

Enfin, elle s'est arrêtée. Il m'a semblé que ce silence, soudain, était comme un abri qu'on trouve au plus fort d'un orage. J'ai essayé alors de réfléchir à ce qui s'était passé. Je me suis demandé pourquoi les hommes s'en prenaient à elle quand ils avaient bu. Il m'a semblé comprendre qu'ils en avaient peur parce qu'elle leur rappelait quelque chose de terrible, et que la faire souffrir était peut-être le moyen d'oublier cette peur. Moi aussi j'avais peur de ce passé qu'elle traînait derrière elle et qui surgissait, de temps en temps, sans raison, en rendant les hommes fous autour d'elle. Ils devaient être nombreux à connaître la vérité. Pourquoi ceux qui tenaient à moi, comme Léonie ou Bégu, ne me la disaient-ils pas ? Est-ce qu'ils voulaient me protéger malgré moi ?

J'ai vu que ma mère me regardait fixement en fronçant ses sourcils si joliment arqués au-dessus de ses yeux ronds. J'ai craint qu'elle devine ce à quoi je pensais, et je lui ai dit aussitôt :

— On est tous les deux. Ça ne compte pas ce qui s'est passé. Ils sont comme ça, mais ça ne compte pas.

Comme elle gardait le même air inquiet et ne détournait pas les yeux, j'ai ajouté :

— Ce qui compte, c'est de pouvoir vivre ensemble pour toujours, tu m'entends ?

Elle a compris, sans doute, parce qu'un sourire est venu se poser sur ses lèvres. Ensuite, elle a soupiré, a semblé se détendre. Au bout d'un moment, même, elle a fermé les yeux et appuyé sa tête en arrière, contre le mur. J'ai deviné qu'elle devait avoir envie de dormir, comme elle en avait l'habitude, chez nous, chaque après-midi, à la période des grosses chaleurs. Je suis allé trouver la femme de Condamine qui achevait de débarrasser la table. Elle a passé sa main dans mes cheveux, m'a souri et m'a dit :

— Les hommes sont dans la grange. Amène-moi ta mère. Je vais lui trouver une chambre et tu pourras rester avec elle.

La chambre était fraîche et je m'y suis senti tout de suite en sécurité. Ma mère s'est allongée sur le grand lit en noyer et s'est endormie presque aussitôt. Je me suis assis sur la chaise, face à elle, et j'ai pu la regarder à mon aise un long moment sans être dérangé. Elle poussait de temps en temps de petits soupirs et frissonnait. Des mèches blondes descendaient jusque dans son cou où brillaient quelques gouttes de sueur. Je me suis demandé quel était l'homme qui, avant Gustave, avait eu l'occasion de la regarder dormir comme moi, ce jour-là. L'idée m'est venue que c'était peut-être l'un de ceux qui criaient dans la cour, et les sirènes ont recommencé à hurler dans ma tête. Non ! Ce n'était pas possible. Il devait être jeune, mon père, et calme, et bon, bien différent de tous ces hommes que je détestais tellement. D'ailleurs, s'il avait été présent, n'aurait-il pas été le premier à la défendre ? Et tous ces hommes n'étaient-ils pas plus âgés qu'elle ? Mon père devait avoir trente ans, comme elle, et comme elle il devait avoir horreur du bruit, de la bêtise, de ces banquets où l'on buvait jusqu'à s'en prendre à ceux qui ne savaient pas se défendre. J'ai essayé de trouver la clef de ces mystères une bonne partie de l'après-midi en observant le visage de ma mère qui, apaisé par le sommeil, ne me faisait plus peur maintenant. Il était beau, si beau, si calme, que j'ai fini par m'assoupir.

Vers cinq heures, quand la grosse chaleur a été passée, nous sommes retournés dans les prés pour faner. Sur le chemin escorté de haies vives, les hommes ne riaient plus. La sieste les avait dessaoulés. Ils paraissaient fatigués, et certains, même, semblaient honteux. La plupart, en tout cas, fuyaient mon regard, tandis que je marchais près de ma mère qui, comme moi, portait sur l'épaule un râteau aux longues dents de bois.

Les prés des Condamine se trouvaient dans la grande plaine, le long d'un ruisseau bordé de saules, de frênes et de peupliers. Le ciel pesait sur cette étendue couleur de paille comme pour l'écraser. L'air n'y circulait pas. On avait l'impression d'entrer dans un grand four où la terre cuisait. Les andains du matin semblaient secs. Les hommes, pourtant, ont commencé à les soulever avec leurs fourches pour les aérer et je me suis aperçu que l'herbe, en profondeur, était encore humide. J'avais déjà travaillé de la sorte et je me plaisais à respirer cette odeur âcre et poivrée qui m'a toujours donné une impression de sécurité : c'était celle que j'avais découverte dans le fenil, à l'abri des menaces de Gustave.

Nous avons travaillé jusqu'au soir, presque

jusqu'à la nuit. La plaine ronronnait doucement, comme un chat qui sommeille près du feu. Un vent léger a agité la cime des peupliers. J'ai bu la moitié d'une bouteille d'eau, puis je l'ai tendue à ma mère qui a bu à son tour, en faisant couler des petits ruisseaux dans son cou. Elle était en sueur mais ne paraissait pas fatiguée. Elle aimait travailler, concentrait toute son attention sur son ouvrage et je crois qu'elle était heureuse. Quand c'était fini, elle demeurait un peu surprise et son regard se voilait : c'était comme si on avait repris un jouet à un enfant.

Pour rentrer plus vite, je me suis assis sur une charrette à côté d'elle. Les jambes ballantes et les yeux irrités par la poussière du foin retourné, j'essayais d'oublier la fatigue qui pesait dans mes reins et dans mes bras. Il faisait un peu moins chaud depuis que le soleil avait disparu derrière les arbres. Je me sentais bien, maintenant, dans le soir calme et bleu, appuyé contre l'épaule de ma mère, et il me semblait qu'elle était bien aussi. Le trajet ne m'a pas paru long, occupé que j'étais à reconnaître tous les parfums du soir, tous les bruits familiers de la nuit qui venait.

Une fois à La Gondie, nous ne nous sommes pas attardés. Gustave devait nous attendre, là-bas, dans la cuisine, et sans doute s'impatienter. Très content de pouvoir échapper au repas du soir que les femmes préparaient dans la cour, je me suis mis en route aussitôt vers les Terres blondes. Comme ma mère marchait lentement, j'ai dû la prendre par la main et la tirer. Elle n'était pas pressée. Elle rêvait, tournant la tête à droite et à gauche, sursautant aux froissements des feuilles provoqués par les oiseaux dans les frênes. C'était habituel, chez elle, de marcher ainsi, en donnant l'impression de découvrir le monde, de s'émerveiller d'un rien, d'un souffle de vent sur sa peau, d'un chant d'oiseau, d'un éclat de soleil trouant le feuillage. Mais parfois aussi, saisie par une idée subite, elle changeait de direction ou faisait demi-tour. Il fallait alors la persuader par la douceur de reprendre le bon chemin, et ce n'était jamais facile.

C'est ce qui s'est produit ce soir-là, à l'instant où nous sommes arrivés sur la route. Elle a retiré alors sa main puis elle est partie dans la direction opposée aux Terres blondes. J'ai essayé de la raisonner, de lui reprendre la main, mais elle s'est dégagée et elle est repartie de son pas lent et souple, poussée par une force qui l'entraînait malgré elle. Comprenant que rien ne pourrait la faire changer d'idée, je me suis résigné à la suivre. La nuit tombait sur la vallée sans le moindre murmure, et le ciel s'assombrissait comme à l'approche d'un orage. Ma mère n'y prêtait aucune attention. Elle marchait sans se retourner, comme si je n'étais pas là. Elle a continué ainsi pendant près d'un kilomètre. J'avais deviné où elle allait. Ce n'était pas la première fois. Sur le bord de la route, dans un tournant, il y avait un grand chêne au tronc épais, aux branches basses. Quand elle s'est dirigée droit vers lui et qu'elle a poussé cette plainte que je connaissais si bien et dont j'avais si peur, j'ai tenté de la retenir en disant :

— Ah non ! tu ne vas pas recommencer !

Mais elle ne m'a pas entendu et, au contraire, elle a entouré le tronc de ses bras, frottant sa joue contre l'écorce rude en gémissant. Je me suis approché, je l'ai prise par la taille pour tenter de la tirer en arrière en disant :

— Viens ! Viens !

J'ai insisté, mais sans réussir à la détacher du tronc. Là où ses pensées l'avaient menée, à cet instant, elle ne pouvait pas m'entendre. J'ai reculé de quelques pas, je me suis assis par terre et j'ai pris ma tête entre mes mains. Elle a continué à se plaindre pendant quelques minutes, puis elle a paru se réveiller, s'est retournée et m'a aperçu. Elle est venue alors vers moi, s'est agenouillée et m'a regardé avec ses grands yeux clairs comme si elle s'étonnait de me voir là, à l'attendre, malheureux. Alors je lui ai dit :

— Il ne faut pas faire ça. C'est à cause de cet arbre qu'ils disent que tu es folle, tu comprends ?

Elle a battu des cils, très vite, trois ou quatre fois, puis elle a posé la tête sur mon épaule. Je lui ai dit qu'elle était bien ma mère, la seule que je rêvais d'avoir, que je ne la quitterais jamais, enfin toutes ces choses qui me passaient par la tête quand elle réussissait à franchir le mur qui nous séparait. Je lui ai parlé longtemps, très longtemps. Puis je l'ai fait lever et elle a bien voulu me suivre.

La nuit était tombée tout à fait, mais le ciel saignait encore à l'horizon, souillant la terre sur la lisière où ils se rencontraient. Pour ne pas perdre ma mère dans l'ombre, j'ai serré sa main et je lui ai parlé de voyage, du château qu'on aurait un jour, d'une belle robe rouge, du collier qui brillerait autour de son cou, d'océan, de montagnes blanches. Sans me retourner, à la manière qu'elle avait d'avancer sans à-coups, je savais qu'elle souriait, la tête levée vers les étoiles qui s'allumaient une à une, projetant sur les champs et les prés cette pure lumière qui, parfois, s'allumait aussi dans ses yeux.

6

Quelquefois j'avais l'impression d'être l'enfant de personne et de ne pas exister. D'ailleurs tout le monde semblait avoir oublié mon prénom, et moi aussi. On m'appelait « pitiou », sauf le maître d'école qui m'appelait Viala, du nom que m'avait donné Gustave. Même Bégu, même Léonie m'appelaient « pitiou ». Les autres enfants, eux, m'appelaient « folourdou », c'est-à-dire « le petit fou » ou plutôt « le petit de la folle ». Les enfants c'est comme ça, il n'y a rien à faire. Pourtant, quand je me battais contre eux, j'étais heureux d'être « le petit de la folle » et non pas le petit de Gustave, car je savais, moi, malgré toute cette laideur, qu'il y avait entre ma mère et moi quelque chose de plus chaud, de plus grand que le soleil, que personne ne comprendrait jamais.

C'est ce que je me disais, ce dimanche-là, en allant chez Léonie, sur le chemin brûlé par cet été qui n'en finissait pas de mettre le feu à la vallée, de roussir les feuilles des arbres avant l'heure, de griller les champs et d'assécher les fontaines. Cette canicule nous avait du moins permis de rentrer les foins sans qu'ils pourrissent, au contraire des années précédentes. Gustave aurait dû en être content, mais non : il ne cessait de se mettre en colère et s'en prenait au temps, aux hommes, au monde entier. J'avais compris que nos affaires étaient très mal engagées auprès de la banque. La demande de prêt allait sûrement être refusée.

— Qu'ils s'approchent ! criait Gustave chaque soir au retour du village ; qu'ils s'approchent seulement et je tire dans le tas !

Chaque fois qu'il en avait le temps, il graissait son fusil et fabriquait des cartouches avec ses mains tremblantes, les yeux fous, marmonnant des menaces dont il ne savait même plus à qui elles s'adressaient. Je commençais à m'inquiéter, ma mère également. Elle devait sentir qu'il allait se passer quelque chose de grave, parce qu'elle ne cessait pas de casser des assiettes, de cirer les meubles sans raison, de renverser de l'eau à table, ce qui augmentait la fureur de Gustave.

Ce dimanche-là, au début de l'après-midi, elle faisait la sieste comme à son habitude. Gustave aussi, qui s'était écroulé sur son lit au retour du café, sans même trouver la force de manger. J'en ai profité pour me rendre chez Léonie et lui poser ces questions qui encombraient ma tête depuis plusieurs jours.

Quand je suis arrivé, la porte était ouverte malgré la chaleur. Léonie était en train de fouiller dans un sac de jute où étaient enfouies les herbes qu'elle avait ramassées pendant la nuit de la Saint-Jean. Elle s'est retournée brusquement en entendant du bruit et a dit en m'apercevant :

— Ah ! c'est toi ! Entre, mon « pitiou », mais laisse la porte ouverte, sinon j'y verrai rien.

Sa maison, en effet, était très sombre, la cheminée noire de suie, les murs également, et les fenêtres très étroites. Elle y était habituée et ne s'en souciait guère. Le soir, une lampe qu'elle abaissait ou relevait au gré de ses humeurs lui suffisait pour mener à bien ses menus travaux domestiques. Je crois qu'elle entretenait volontairement la pénombre qui ajoutait du mystère à sa demeure et lui valait une partie de sa réputation.

J'ai tiré le banc en arrière, de l'autre côté de la table couverte d'herbes et de fleurs, et je me suis assis en m'essuyant le front.

— Je les trie, tu vois, a fait Léonie. Depuis la Saint-Jean, je n'ai pas eu le temps et elles en ont souffert.

Elle m'a montré quelques feuilles flétries, avant d'ajouter :

— Il y a du plantain, du lys blanc, du mille-pertuis, du sureau, de la sauge des prés, du mélilot, et des feuilles de frêne pour faire un cordial.

Ce n'était pas la première fois que je trouvais Léonie devant son sac d'herbes et je les connaissais toutes par leurs noms. Mais elle aimait montrer ses connaissances et n'en manquait jamais l'occasion, surtout avec moi. J'ai observé un long moment ses mains agiles qui paraissaient tout de suite savantes à qui les regardait, puis je lui ai demandé doucement :

— Et si la banque nous prête pas ?

Ses mains se sont brusquement arrêtées et ses yeux vifs se sont levés sur moi.

— C'est tout ce que tu as inventé ?

— Gustave dit qu'on n'aura jamais les sous.

— Et tu crois qu'il sait ce qu'il dit, Gustave ?

— Si c'est vrai, qu'est-ce qu'on va devenir ?

Léonie a tourné la tête vers la porte où une poule, patte en l'air, était sur le point d'entrer dans la cuisine. Elle a crié brusquement en cognant sur la table :

— « Déforo [1] ! »

La poule a poussé un gloussement de frayeur, battu des ailes et disparu. J'ai compris que Léonie en avait profité pour réfléchir, quand elle m'a dit d'une voix ferme :

— Les banquiers sont toujours contents de

1. En patois : dehors !

prêter leurs sous : ça leur permet d'en gagner davantage.

— Tu crois ?

— Pardi ! Ils prêteraient même plutôt deux fois qu'une.

— Pourtant, Gustave...

— Gustave, on le prendrait sous un chapeau, tu le sais bien.

Je n'ai pas insisté, car je ne demandais pas mieux que d'être rassuré. Léonie a continué de trier ses fleurs avec application, puis elle m'a demandé :

— Tu veux du millassou ?

Je venais de manger et je n'avais pas faim du tout. Je le lui ai dit, mais il en fallait beaucoup plus pour l'arrêter quand elle avait décidé quelque chose :

— Allons ! Ne fais pas le « fachounaïre [1] ». À ton âge, j'aurais mangé un curé et sa soutane.

Je n'ai pas pu l'empêcher d'aller ouvrir son garde-manger qui se trouvait dans une chambre dont la fenêtre restait toujours close. Elle est revenue avec un morceau de gâteau de maïs sur une assiette, l'a posé devant moi. J'ai essayé de manger pour lui faire plaisir, puis, tandis qu'elle reprenait son travail, j'ai demandé doucement :

1. Celui qui fait des manières.

— Tu crois qu'il était du village, mon père ?

Elle a fait semblant de se mettre en colère, ce qui, chez elle, signifiait seulement qu'elle était gênée pour répondre.

— T'as pas bientôt fini de jouer les gendarmes ? Je t'ai déjà dit que je n'en savais rien.

— Je voudrais seulement savoir ce que tu en penses.

— Qu'est-ce que ça peut faire puisqu'il...

Elle s'est arrêtée brusquement, comme si elle allait se trahir.

— Puisqu'il... ?

Elle s'est troublée, a fini par répondre :

— Puisqu'on ne le saura jamais, pardi !

J'ai eu l'impression qu'elle en savait beaucoup plus qu'elle ne voulait bien le dire, et ce n'était pas la première fois. D'ailleurs, elle s'énervait et se trompait dans son travail.

— Té ! tu me fais faire des bêtises avec tes questions.

J'ai essayé d'achever mon gâteau sans plus parler, mais ç'a été plus fort que moi, et j'ai demandé encore :

— Tu crois qu'il est mort ?

— Est-ce que je sais ? a-t-elle répondu en fourrageant dans son sac sans lever les yeux sur moi.

— Oui ! Tu le sais, j'en suis sûr.

Cette fois encore, elle a fait semblant de se mettre en colère.

— Oh ! la yéou ! cet enfant va me faire perdre mes dents ! C'est ce que tu veux, dis ? me faire devenir plus vilaine que je ne suis ?

Comprenant que je n'en apprendrais pas plus aujourd'hui que les fois précédentes, j'ai arrêté de lui poser des questions. C'est alors qu'une idée s'est formée dans ma tête : si mon père était mort au village, je pourrais sans doute en trouver trace au cimetière. J'ai même été étonné de n'y avoir jamais pensé plus tôt et j'ai eu hâte, soudain, de m'y rendre. J'ai quand même aidé Léonie à transporter ses herbes au grenier, puis je suis parti après qu'elle eut tout essayé pour me retenir à l'ombre.

D'ombre, il n'y en avait guère en ce milieu d'après-midi. Le soleil au sommet de sa course embrasait la vallée qui craquait de toutes parts, comme des sarments quand on allume le feu. J'ai fermé à demi les yeux, aveuglé que j'étais par la sueur, sur le chemin plein de poussière, entre les herbes folles criblées de sauterelles.

Le cimetière se trouvait entre l'église et la rivière, à l'extrémité d'un sentier bordé de grands buis. Il était entièrement clôturé d'un mur de pierres plates, dont la seule brèche était protégée par une grille rouillée qui a grincé plaintivement quand je l'ai poussée. Je n'étais pas très rassuré, ce jour-là, en y pénétrant, car je n'y étais entré qu'une seule fois, il y avait longtemps, à l'occasion d'un enterrement dont je ne me souvenais plus très bien.

Il m'a semblé que la chaleur rebondissait sur les pierres et roulait dans les allées jusqu'au mur qui la retenait prisonnière. Des lézards se sont enfuis devant moi en me faisant sursauter.

J'ai essayé de m'orienter, puis j'ai cherché les tombes sur lesquelles étaient inscrits des renseignements : des noms et des prénoms, mais surtout des dates. Sur l'une d'elles — qui m'a paru plus belle que les autres — il y avait le portrait d'un soldat qui s'appelait Johannès Jaubertie. Il avait de beaux yeux noirs et de grandes moustaches et il était mort le 3 novembre 1918. Sur d'autres étaient posées des plaques de marbre qui portaient des inscriptions plus vagues : « À notre père », « À notre fils », « À mon épouse », et d'autres, également, dont je me souviens mal. Je me suis dit que si mon père avait à peu près le même âge que ma mère, il devait être né en 1923 ou 1924. Et j'ai eu très peur, soudain, de trouver la réponse aux questions que je me posais et de briser ainsi les rêves que je partageais avec ma mère. Alors je suis parti à toutes jambes et je me suis réfugié dans le fenil de la métairie, me jurant bien de ne plus jamais revenir dans cet endroit où il n'y avait plus d'espoir pour personne et où le soleil entretenait tous les feux de l'enfer.

7

Je ne suis pas retourné au cimetière, mais j'ai continué à poser des questions à Léonie, à Bégu, à Ambroise, à Gustave, même, quand je n'en pouvais plus de chercher. Gustave me répondait en me prenant par les épaules et en criant :

— Ton père, c'est moi.

J'avais toujours senti que ce ne pouvait pas être vrai. Je l'avais deviné avant même qu'on me le dise à l'école, un jour où un garçon avec qui je venais de me battre me l'avait jeté à la face. J'en avais été soulagé, car si Gustave avait été mon vrai père, je ne l'aurais pas supporté. Mais ce qui m'étonnait, surtout, c'était que personne ne parle de mon vrai père, pas même ceux qui m'envoyaient des coups qui, parfois, atteignaient leur but. S'ils n'en disaient rien, il n'y avait qu'une seule explication possible : c'est qu'ils n'en savaient rien. Et s'ils n'en savaient rien, c'est que leurs parents n'en parlaient pas, sans quoi, connaissant la vérité, ils n'auraient pas hésité à me la faire connaître.

Pourquoi ?

Je me demandais souvent ce qu'il y avait de si terrible derrière ce silence, et j'en avais si peur, quelquefois, que j'aurais voulu que ma tête éclate pour ne plus penser.

Ce mois de juillet-là, cherchant à fuir ces questions qui me hantaient jour et nuit, comme nous n'avions pas de réponse de la banque, je me suis mis à guetter le facteur. Gustave, lui, paraissait ne plus s'en soucier. Ou alors il faisait semblant.

Un matin, il a voulu m'emmener de force aux ruches qu'il avait aménagées au fond d'un pré, à l'ombre de deux vieux châtaigniers. Or, chaque fois, s'il exigeait mon aide, il ne voulait pas de la présence de ma mère. Il prétendait que lorsqu'elle nous suivait, il n'était plus maître de ses abeilles. Et c'était vrai qu'elles venaient se poser sur sa peau sans jamais la piquer, qu'il avait beau les enfumer, les supplier avec cette voix étrangement douce qu'il prenait auprès d'elles, les abeilles demeuraient immobiles et inoffensives sur ma mère, alors que lui-même était obligé de se couvrir de la tête aux pieds pour les approcher. Quant à moi, si j'essayais d'échapper à la corvée, c'est parce que je ne voulais pas que ma mère reste seule à la métairie.

— Qu'est-ce qu'elle risque, ici ? m'a demandé Gustave.

J'ai répondu, furieux :

— Si elle s'en va, elle se perdra.

— Comment veux-tu qu'elle se perde ? Tout le monde la connaît.

J'ai eu beau insister, ce matin-là, il m'a obligé à atteler la jument et à monter sur la charrette. On l'appelait la Toiloune, cette jument, parce qu'elle portait une étoile blanche sur le front. C'était une bête lourde et paisible, déjà bien vieille et bien fatiguée. Je l'avais toujours vue dans l'étable et je l'aimais beaucoup.

Quand nous sommes partis sur le chemin des ruches, j'ai regardé un long moment en arrière vers la maison, craignant que ma mère ne sorte. Il était tôt, ce matin-là, mais le soleil avait déjà refermé sa poigne de feu sur la plaine, comme pour mieux la réduire en cendres. La jument allait au pas, tirant péniblement la charrette qui cahotait sur les ornières entre deux haies couvertes d'aubépines et de prunelles bleues. Nous allions si lentement qu'il me semblait que nous n'arriverions jamais.

Une heure plus tard, enfin à pied d'œuvre, Gustave s'est habillé avec soin, puis il s'est approché des ruches et a enfumé les abeilles avant d'introduire les hausses qui éviteraient un essaimage. Je les lui ai passées une à une sans trop m'approcher, puis j'ai emporté les hausses pleines vers la charrette où je les ai déposées dans une bassine d'un bel émail rouge orangé, comme on en trouvait à l'époque.

Je ne voulais pas rester trop longtemps éloigné de la maison. Aussi j'ai poussé Gustave à se dépêcher, ce qui l'a rendu de mauvaise humeur. Il nous a fallu quand même plus d'une heure pour achever le travail. Au retour, tout le long du trajet, Gustave a marmonné des menaces sur la banquette avant, tandis que, craignant sa colère, je m'étais assis à l'arrière, les jambes ballantes. Il n'aimait pas du tout être pressé de la sorte, Gustave. Il savait pourtant que ma mère s'était enfuie plusieurs fois et qu'elle s'était perdue. Mais il pensait qu'elle ne risquait rien alors que j'avais très peur pour elle.

Je ne m'étais pas trompé : quand je suis entré dans la cuisine, ce matin-là, ma mère ne s'y trouvait plus. J'ai couru chez Léonie où elle s'était réfugiée plusieurs fois, retrouvant un chemin qu'elle connaissait bien pour l'avoir souvent emprunté, autrefois. Léonie ne l'avait pas vue. Je suis reparti en courant toujours et je me suis arrêté au café, où j'ai demandé à Ambroise s'il ne l'avait pas aperçue dans le village.

— Si ! m'a-t-il répondu : elle est allée chez la Miette et puis elle a disparu.

Il a ajouté après un instant, comme s'il s'en souvenait brusquement :

— J'ai même dû intervenir, parce que les trois frères Jarétie la suivaient.

Mon cœur est devenu subitement fou dans ma

poitrine : c'était surtout avec les Jarétie que je me battais à l'école. Je suis reparti sans même remercier Ambroise, et j'ai trouvé Bégu en chemin, qui aiguisait sa faux. Il m'a dit avoir aperçu des « drôles[1] », au loin, sur la route de Fayrac, mais il y avait deux heures de cela. Je me suis élancé dans cette direction et j'ai couru pendant trois kilomètres sous la chaleur, mais tout était désert. Je tremblais de peur mais surtout de colère contre Gustave qui faisait semblant de n'accorder aucune importance à ces fugues, alors qu'il savait très bien qu'elle était sans défense devant des gens malintentionnés, simplement même devant des enfants qui s'amusaient à lui faire peur. Cette peur durait d'ailleurs bien après la menace et pouvait la pousser à Dieu sait quelle folie.

Je suis retourné sur mes pas et je me suis dirigé vers le grand chêne qu'elle avait l'habitude de serrer dans ses bras, mais elle ne s'y trouvait pas davantage. J'avais si chaud, j'étais si fatigué que je me suis assis un moment dans l'herbe pour réfléchir. J'étais certain que les Jarétie l'avaient poursuivie à l'extérieur du village, mais comment savoir où elle s'était réfugiée ? J'ai essuyé la sueur qui coulait dans mes yeux et je

---

1. En patois du Périgord : des enfants.

suis reparti, mais plus lentement, espérant qu'elle serait revenue d'elle-même aux Terres blondes.

Elle n'y était pas non plus. Quand j'ai appelé, Gustave est sorti de la grange où il réparait une des stalles des vaches, mais il ne m'a pas paru inquiet.

— Si elle n'est pas revenue à midi, on avisera, m'a-t-il dit.

— Il est midi.

— Elle doit avoir faim : elle va arriver d'un moment à l'autre.

Alors j'ai crié :

— Non ! Je te dis qu'elle s'est perdue !

— Bon ! a soupiré Gustave, on va manger et on la cherchera après.

J'ai eu l'impression de l'abandonner et j'ai crié de nouveau :

— Non ! Il faut la chercher tout de suite.

— Si tu ne veux pas manger, fous-moi la paix !

Je n'ai pas insisté, car je savais que ça ne servirait à rien. Au lieu d'entrer dans la maison, je suis retourné à Saint-Martial dont le clocher semblait trouer le ciel, là-bas, dans l'aveuglant éclat du jour. Une fois sur la place, je me suis renseigné auprès de Miette et de Rosalie, j'ai visité l'église, le cimetière puis, aidé par Bégu que j'avais trouvé endormi à l'ombre des frênes, toutes les granges des environs. Comme nous ne trouvions rien, je suis revenu vers la métairie où j'ai réveillé Gustave qui faisait la sieste. Il s'est levé de très mauvaise humeur et s'est montré plus inquiet qu'à midi. Il était maintenant d'avis de prévenir Ambroise. Nous nous sommes rendus au village à moto, ce qui m'a permis de souffler un peu. Une fois que Gustave a eu expliqué ce qui se passait, Ambroise lui a proposé d'aller interroger les frères Jarétie avant de prévenir la gendarmerie. Demeuré seul, je suis allé chez Léonie qui, cette fois, s'est montrée préoccupée. Comme je n'avais pas mangé, elle m'a servi une assiette de soupe que j'ai avalée en toute hâte avant de revenir au village.

Au retour d'Ambroise et de Gustave, on n'en a pas su vraiment plus : les trois frères Jarétie l'avaient laissée sur la route de Fayrac, puis ils étaient rentrés directement chez eux. Il leur avait toutefois semblé qu'elle partait vers les Terres blondes. J'ai compris que tout le monde s'inquiétait réellement quand Ambroise a réquisitionné des hommes afin d'entreprendre une battue. Moi, je suis parti de mon côté pour explorer les lieux que je n'avais pas encore visités. En traversant le pont, mon regard s'est porté vers la rivière et je me suis arrêté brusquement, saisi d'une pensée terrible : et si elle s'était noyée ?

Je me suis mis à courir vers l'amont, sur la rive gauche, en l'appelant, en scrutant l'eau à travers les feuilles des arbres, en inspectant les petites anses où les vaches viennent boire. L'après-midi commençait à basculer vers le soir, mais il faisait encore très chaud. Sans les sirènes qui s'étaient réveillées et hurlaient dans ma tête, j'aurais été heureux d'entrer dans l'eau verte pour me rafraîchir un peu. Mais comment m'arrêter, ne plus penser à elle alors que tout, au contraire, me ramenait vers le danger qu'elle courait ? Je n'arrivais pas à croire, pourtant, qu'elle avait pu vouloir mourir alors que la vie aurait dû être si belle dans cet été si bleu.

J'ai marché longtemps vers l'amont, puis, comme j'étais maintenant très loin du village, je suis revenu sur mes pas sur l'autre rive, après avoir traversé un gué que je connaissais bien. À Saint-Martial, je me suis élancé vers l'aval, le long des prés qui menaient vers la maison de Léonie. Elle ne s'y trouvait pas. J'en ai conclu qu'elle devait chercher elle aussi et je suis reparti. Un kilomètre plus loin, la rive s'élevait en une butte qui surplombait la rivière de six ou sept mètres. C'est là que j'ai trouvé ma mère assise, les bras passés autour de ses genoux, la tête appuyée sur eux, regardant l'eau qui, sous la butte, avait creusé un gouffre agité de violents remous. Cet endroit était très dangereux. Tout le monde le savait au village et les parents interdisaient à leurs enfants d'aller s'y baigner.

D'abord je n'ai pas osé m'approcher pour ne pas la surprendre, craignant que la peur ne la fasse basculer en avant. Puis je me suis décidé à froisser doucement les feuilles d'un chêne et elle s'est retournée en sursautant, une lueur affolée dans le regard. Mais, en me reconnaissant, elle s'est détendue et m'a souri. J'ai franchi les quelques mètres qui me séparaient d'elle en évitant les mouvements brusques, puis je me suis accroupi et, dès que j'ai pu, je l'ai saisie par le bras pour éviter qu'elle ne tombe au dernier moment. Comme elle tremblait malgré la chaleur, j'ai compris qu'elle tremblait sans doute ainsi depuis la fin de la matinée. J'ai eu envie de crier, mais je n'ai même pas pu ouvrir la bouche. Au bout d'un moment, je suis quand même parvenu à la tirer vers l'arrière en la tenant par les épaules et je lui ai dit :

— Là ! c'est fini, c'est fini.

Elle s'est laissée aller contre moi, mais sans cesser de trembler. J'ai alors pensé qu'elle était restée huit heures devant ce gouffre et qu'elle n'avait pas sauté. Je me suis dit que c'était peut-être pour moi, ou alors pour celui qui nous manquait tant et qu'elle avait espoir de retrouver un jour. Cette pensée m'a fait du bien. Oui ! Il y avait bien une force en elle qui l'attachait à la vie. Je me suis senti soulagé, tout à coup, et presque heureux. Je l'ai serrée contre moi et je lui ai dit :

— Tu vois, je suis venu, je t'ai trouvée.

Elle ne m'a rien répondu, bien sûr, mais il m'a semblé que son sourire n'avait jamais été aussi confiant. Je lui ai pris la main et elle m'a suivi sans se laisser tirer. Dans la nuit qui tombait avec de longs soupirs et des chuchotements de feuilles, j'ai senti qu'elle serrait mes doigts. Alors je me suis mis à lui parler avec ces mots que je trouvais pour elle seule et qui nous emportaient très loin, dans ce monde que, parfois, elle acceptait d'habiter avec moi.

8

Avec les moissons, l'air brûlant s'est épaissi de l'odeur suffocante des grains et de la paille. Il n'y avait toujours pas le moindre nuage dans le ciel ni le moindre souffle de vent pour apporter un peu de fraîcheur dans les champs ou sur les aires où les hommes peinaient. Je ne m'en préoccupais pas, ayant obtenu de Gustave l'autorisation de rester avec ma mère aux Terres blondes. Il avait en effet appris ce qui s'était passé chez les Condamine, et il avait accepté de suivre lui-même la batteuse dans les fermes. Je crois aussi qu'il avait eu peur, le jour où ma mère s'était enfuie. Et comme il avait été convenu avec l'entrepreneur que l'on battrait le blé des Terres blondes en fin de campagne, nous avons pu, ma mère et moi, profiter des jours qui passaient en toute tranquillité.

Me retrouvant seul avec elle, j'essayais de m'en rapprocher encore davantage. Quand nous gardions les vaches, le soir, je m'asseyais à l'ombre, face à elle, pour qu'elle me voie bien, qu'elle sente bien ma présence. Je tentais alors de creuser des brèches dans le mur que je rêvais de faire écrouler et je lui disais :

— Si seulement je savais où il est, j'irais te le chercher, moi, et je te le ramènerais.

Elle ouvrait grands ses yeux clairs, battait des cils et souriait. J'ajoutais :

— Je suis sûr que tu te rappelles ! Fais un effort.

Intriguée, elle s'approchait de moi comme si elle tentait de lire sur mes lèvres, puis elle ouvrait la bouche et il me semblait qu'elle était sur le point de parler. Quand j'étais parvenu à retenir son attention, je lui citais des prénoms, lentement, en détachant bien les syllabes :

— Mar...cel..., An...toi...ne..., Ga...bri...el...

Et je guettais, dans ses yeux, la lueur qui ne manquerait pas de s'allumer lorsque je prononcerais celui qu'elle ne pouvait avoir oublié. Car j'étais persuadé que ce prénom-là demeurait gravé dans sa mémoire, que le barrage allait céder, que sa vie passée coulerait sur ses lèvres et qu'alors elle serait guérie pour toujours.

Un soir, tandis que nous étions assis sous les châtaigniers et que je continuais à égrener machinalement les prénoms que je trouvais dans le calendrier de la poste, en me tournant brusquement vers elle, je me suis aperçu qu'elle pleurait.

J'en ai eu des frissons et mon cœur est devenu fou. Je l'ai prise par les épaules et j'ai crié :

— Je l'ai trouvé ! Je l'ai trouvé !

J'ai essayé de me rappeler des prénoms que j'avais prononcés, mais j'ai compris qu'il était déjà trop tard : elle était repartie dans son monde. Ça ne s'est plus jamais reproduit. Et je n'ai pas su si j'avais soufflé sur un feu qui lui rappelait le passé ou si ses larmes provenaient d'une brûlure plus récente. Je me dis alors que j'avais inventé un jeu trop dangereux et je l'ai abandonné.

Pendant les jours pleins de lumière qui ont suivi, plutôt que de lui poser des questions qui pouvaient la blesser, j'ai recommencé à lui parler avec ces mots qui se frayaient parfois un chemin jusqu'à elle.

— Dès que je l'aurai retrouvé, on partira tous les trois. On ira dans ce pays où il n'y a pas d'arbres, et surtout pas de chêne. On n'aura plus jamais peur. On prendra un bateau. On traversera l'océan. De l'autre côté, il y a des montagnes sur lesquelles la neige ne fond jamais. C'est là qu'il habite. Il me l'a écrit. Tu te souviens de la neige, l'an passé ? J'avais fait un bonhomme devant la porte. Je te disais qu'il ressemblait à Gustave. Je lui avais mis une pipe et un chapeau. Tu te souviens ?

Je sentais qu'elle était prête à franchir le mur, qu'elle me demandait de continuer, qu'elle allait enfin me rejoindre. Il fallait trouver le mot qui manquait. La clef. Celle qui allait ouvrir les portes lourdes et sombres que je ne parvenais pas à pousser malgré mes efforts. Alors je me dépêchais de lui parler de ce voyage qu'on ferait un jour, de cet homme qui nous attendait là-bas, sur la montagne, et qui saurait si bien nous protéger.

— Je suis sûr qu'il sait danser. Tu verras : il te prendra dans ses bras comme les gens, sur la place, le jour de la fête. Et tu tourneras, tu tourneras, tu oublieras tout ce qui s'est passé et moi je serai là pour vous regarder, tu verras, tu verras...

J'étais souvent étonné par tous ces mots qui me venaient quand j'étais avec elle. Avec les autres, jamais. Surtout pas à l'école. Mais, avec elle, j'avais toujours des images plein la tête, des paysages que je n'avais jamais vus, ou alors dans les livres : l'océan, les montagnes, des plages, des déserts, des endroits sans hommes, sans arbres, des horizons différents de ceux de notre vallée. Ces mots, souvent, me faisaient mal parce que je n'y étais pas habitué. Mais je les trouvais pour elle, pour la réveiller, parce que je sentais qu'elle était loin de moi et qu'il fallait que j'aille la chercher dans cet endroit où elle se perdait comme une enfant sans personne pour lui tenir la main. Je lui disais :

— Lui, je l'ai vu. Il m'a parlé de toi, de nous. Il ne peut pas venir pour le moment. Mais il a un beau costume, une cravate et une grande voiture verte. Il la conduit avec des gants. Elle n'a pas de toit. Elle roule très vite le long d'une plage et le vent décoiffe ses cheveux. Il fume le cigare. Il a été malade, tu sais. Mais il est guéri, maintenant, il va mieux. On va pouvoir partir bientôt. Il y a des robes qui t'attendent là-bas et aussi des colliers, des foulards, de belles chaussures pour danser, tu verras, tu verras...

Qu'est-ce que je n'aurais pas inventé pour la rendre heureuse, durant les longues journées de cet été si chaud ! Malheureusement, elles ont seulement duré le temps que Gustave suive la batteuse dans les métairies, c'est-à-dire deux semaines. Et puis elle est arrivée aux Terres blondes, cette batteuse, apportant avec elle un bruit et une agitation auxquels nous n'étions plus habitués. Notre isolement total — Gustave ne rentrait pas le soir, le plus souvent, car il cuvait son vin dans les granges des fermes où il travaillait — a cessé aussi brusquement qu'il avait commencé. Heureusement, il n'a pas fallu plus d'une journée pour moissonner et battre le blé des Terres blondes. Une journée de soleil à vif, de bouche sèche, de halètements de courroies, de poussière en suspension, et d'angoisse, pour elle, en présence de ces hommes qui lui rappelaient les fenaisons de La Gondie. Ils n'étaient que six, mais c'était difficile de faire suffisamment à manger pour tous à midi et le soir.

Je l'y aidais du mieux que je le pouvais, Gustave et les autres étant assez nombreux pour s'occuper de la machine.

C'est le lendemain de cette journée si mouvementée que la lettre de la banque est arrivée. Je me souviens que nous étions en train de manger quand le facteur a frappé à la porte. Il était petit, maigre, moustachu, et tout le monde l'appelait Milou. Gustave l'a fait entrer, lui a versé un verre de vin, a trinqué avec lui, puis l'a raccompagné jusqu'au chemin. Il a recommencé ensuite à manger comme si de rien n'était, faisant semblant de n'accorder aucune importance à l'enveloppe bleue qui, pourtant, tranchait sur le rouge de la toile cirée. Moi, je ne voyais qu'elle. Je ne comprenais pas pourquoi Gustave feignait de ne pas s'y intéresser. Il en avait peur, sans doute, et peut-être plus que moi.

Il a bien fallu l'ouvrir, pourtant, cette lettre, malgré la menace qu'elle représentait. Quand il a eu bu son café, Gustave me l'a tendue sans un mot et j'ai décacheté l'enveloppe en tremblant. Elle venait bien de la banque de Jumillac : notre demande de prêt était refusée. En reposant la feuille de papier sur la table, j'ai vu Gustave pâlir, serrer les dents, puis boire deux verres d'affilée et se lever brusquement en renversant son assiette. Avant que j'aie pu faire un geste, il a décroché le fusil suspendu sur le côté de la cheminée, s'est emparé de la musette pleine de cartouches qui se trouvait sur une étagère puis il est sorti sans un mot. Dans la cour, j'ai essayé de le retenir, mais il m'a repoussé si violemment que je suis tombé en arrière et que je n'ai pas pu me relever assez vite pour l'empêcher de partir. Alors il a enfourché sa moto et démarré comme un fou en direction du village. Je me suis retourné et j'ai aperçu ma mère, qui était sortie elle aussi. Je l'ai prise par le bras et je l'ai fait rentrer en essayant de la rassurer.

Ce qui s'est passé ensuite, je ne l'ai appris qu'à la nuit, quand Ambroise nous l'a raconté : Gustave était d'abord passé au café où l'on avait essayé de le désarmer, puis il était parti vers Jumillac, d'abord chez le notaire dont il avait criblé de plombs les volets, ensuite dans le bureau de la banque où il avait tout cassé. Les gendarmes l'avaient arrêté, mais, comme le notaire et le directeur se refusaient à porter plainte, ils l'avaient relâché. Gustave avait alors visité tous les bistrots de Jumillac où il était monté sur des tables pour crier sa colère, puis il était revenu à Saint-Martial où il avait continué à boire. Il s'était même battu avec Ambroise, qui ne voulait plus le servir. Mais il devait avoir bu plus que de coutume, sans doute, puisqu'il s'était écrasé contre un arbre avec sa moto, entre la croix et la grange de Garissou.

Ambroise nous a raconté tout ça avant qu'on nous ramène le corps disloqué de Gustave. Nous attendions, ma mère et moi, depuis une heure dans l'odeur du chèvrefeuille et des chaumes brûlés. La nuit était tombée depuis longtemps, mais je ne m'étais pas décidé à aller me coucher, devinant qu'il avait dû se passer quelque chose de grave. Aussi, quand j'ai appris que Gustave était mort, je n'en ai pas été surpris. Je savais que, quand il avait bu, il était capable de tout, même de retourner son fusil contre lui. Je me souviens que ma première sensation a été de soulagement. Depuis trop longtemps nous vivions dans une violence qu'il m'était de plus en plus difficile de supporter. Ma mère, elle, semblait ne se rendre compte de rien. Même pendant la veillée, devant le corps de Gustave recouvert d'un drap blanc, elle n'a manifesté aucune émotion. Léonie et Rosalie nous avaient rejoints. Elles s'étaient occupées d'habiller Gustave, tandis qu'Ambroise nous racontait, en bas, l'accident. Ma mère semblait se demander pourquoi nous n'allions pas nous coucher, mais c'était tout. J'étais content de constater qu'elle n'était pas plus malheureuse que moi : je voyais dans cette froideur la preuve que Gustave ne lui était rien, qu'elle avait vécu près de lui comme auprès d'un étranger. Et je me disais que seul mon père avait compté pour elle.

Le lendemain, il y a eu les visites traditionnelles tout au long de la journée, puis, le surlendemain, l'enterrement dans le petit cimetière dont j'avais si peur. Les heures qui s'étaient écoulées depuis l'arrivée d'Ambroise et des gendarmes avaient passé comme dans un rêve. Il y avait eu tellement de monde dans la maison que je m'étais laissé porter par les événements, soulagé de n'avoir plus rien à redouter, ni de Gustave ni de personne.

Cet après-midi-là, j'ai marché derrière le corbillard tiré par la Toiloune en tenant la main de ma mère avec un seul souci en moi : qu'elle ne cherche pas à s'enfuir. Il faisait toujours aussi chaud. Les sabots de la Toiloune et les roues du corbillard soulevaient une poussière qui semblait ne jamais retomber. Je n'avais pas envie de pleurer. J'avais seulement envie que tout ça se termine et de me retrouver chez moi, enfin seul avec ma mère comme nous l'avions été pendant les battages.

Au cimetière, quand les hommes endimanchés ont fait descendre le cercueil, elle a eu un mouvement affolé vers le trou, comme si cette scène lui rappelait quelque chose. Puis elle l'a oubliée très vite et elle est demeurée calme, ensuite, jusqu'à la sortie. Ambroise et Léonie nous ont raccompagnés aux Terres blondes. Léonie a aidé ma mère à faire la soupe et à battre les œufs d'une omelette, puis, quand nous avons eu dîné, Ambroise m'a dit d'un air ennuyé :

— Je reviendrai demain. Il faudra qu'on parle tous les deux pour régler tout ça.

J'ai demandé, inquiet, soudain, devant la mine sombre d'Ambroise :

— Pour régler quoi ?

— Eh bien, toi, ta mère, la maison, ce que vous allez devenir, quoi !

Je me suis alors aperçu que, depuis le départ de Gustave, j'avais complètement oublié la lettre de la banque et la menace qui pesait sur nous. J'ai compris subitement que nous n'allions peut-être pas pouvoir continuer à vivre ensemble. J'en ai été tellement ébranlé que je n'ai rien trouvé à répondre à Ambroise. Mais, dès qu'il a été parti, j'ai dit à Léonie, qui avait accepté de rester avec nous pour la nuit :

— S'ils me la prennent, je me tue.

— Bestiassou ! va ! a-t-elle soupiré. Qu'est-ce que tu vas chercher là ?

Malgré son sourire, j'ai compris qu'elle aussi était préoccupée. Une fois dans mon lit, je n'ai pas pu trouver le sommeil et j'ai cherché jusqu'au matin le moyen de nous défendre contre ce qui m'apparaissait maintenant comme inévitable. Je me suis dit que le plus important était de retrouver le fusil de Gustave, puis, un peu rassuré, j'ai enfin réussi à m'endormir.

9

C'est Ambroise qui l'a rapporté, ce fusil, le lendemain matin, tandis que je me trouvais seul avec ma mère, Léonie étant repartie chez elle pour soigner ses bêtes. J'ai fait semblant de ne pas le remarquer, mais, dès qu'Ambroise est sorti pour discuter avec les gendarmes, j'ai accroché le fusil à sa place au-dessus de la cheminée.

Il faisait toujours aussi chaud, ce matin-là, et l'on n'entendait pas le moindre pépiement d'oiseau ni le moindre aboiement de chien dans les cours. Plus les jours passaient, moins les nuits rafraîchissaient l'air qui était devenu épais comme de la pâte à pain. On en venait même à souhaiter un orage qui, à coup sûr, aurait été violent. Ambroise suait abondamment et s'épongeait sans cesse le front avec son mouchoir à carreaux. Je le revois encore assis face à moi, ce matin-là, bien embarrassé pour prononcer les mots qu'il avait pourtant préparés. Il a hésité un long moment, toussoté pour s'éclaircir la voix, puis il s'est enfin lancé en s'épongeant de nouveau le front.

— Voilà ! a-t-il commencé, tu comprends bien, « pitiou », que vous n'allez pas pouvoir rester ici, ta mère et toi, surtout maintenant que Gustave n'est plus là.

Je m'attendais à quelque chose de ce genre, car j'avais compris que les hésitations d'Ambroise n'annonçaient rien de bon.

J'ai demandé, avec une voix qui a eu du mal à passer mes lèvres :

— Où va-t-on aller, alors ?

— Justement ! a repris Ambroise, une dame viendra demain et elle s'occupera de tout.

J'ai compris à cet instant qu'on allait me séparer de ma mère et mon cœur est une nouvelle fois devenu fou.

J'ai demandé encore :

— Quelle dame ? Je la connais ?

— Non, tu ne la connais pas, mais c'est son métier de s'occuper de ces choses-là. Elle a appris les lois et elle sait ce qu'il faut faire. Tu ne dois pas t'inquiéter à l'avance, je suis seulement venu te prévenir.

J'ai murmuré, le souffle coupé :

— Ce que je veux, c'est rester avec ma mère.

— Oui, bien sûr, a marmonné Ambroise. Je le lui ai dit.

— Qu'est-ce qu'elle a répondu ?

— Vous en parlerez tous les deux, ce sera mieux.

Puis Ambroise a ajouté en fuyant mon regard, comme s'il se sentait coupable :

— Je reviendrai avec elle, tu sais, je ne te laisserai pas seul. Il manquerait plus que ça !

Il a achevé son verre de vin, s'est levé, a tenté de me donner d'autres explications dans lesquelles il s'est emmêlé, puis il s'est décidé à partir. Je suis resté seul avec ma mère qui l'a regardé s'éloigner derrière la fenêtre avec un air désemparé, comme si elle avait compris elle aussi ce qui nous menaçait.

Pendant le repas, elle s'est montrée très agitée, ne cessant de regarder la chaise vide de Gustave et paraissant attendre sa venue. Alors je lui ai dit pour la rassurer :

— Il ne viendra plus, tu le sais bien.

Puis, comme elle me dévisageait avec la même lueur inquiète au fond des yeux :

— On est seuls, maintenant, mais on ne se quittera pas.

J'ai ajouté, en lui prenant la main :

— On trouvera une maison à Saint-Martial. Je n'irai plus à l'école, je resterai avec toi toute la journée.

Puis je me suis dit qu'il n'était pas possible de vivre sans argent, sans travail, et qu'il faudrait sans doute que j'aille me louer à la journée dans les fermes. J'ai ajouté :

— On ira travailler tous les deux et on restera l'un près de l'autre, dans le même champ. Il ne faudra pas avoir peur : je serai là.

J'ai eu l'impression que ses yeux s'éclairaient enfin, qu'elle s'apaisait. Elle a achevé le contenu de son assiette sans lever la tête, puis je l'ai aidée à débarrasser la table et elle est allée s'allonger dans sa chambre, comme à son habitude. Moi, je me suis assis sur le pas de la porte malgré la chaleur et l'aveuglante lumière du jour. Je me suis mis à réfléchir à ce qui nous attendait, et j'ai eu le pressentiment que j'allais devoir me battre de toutes mes forces. Je me suis alors rendu dans la grange pour y chercher des cartouches, puis je suis revenu vers la maison. Là, j'ai chargé le fusil, je l'ai remis à sa place et, un peu rassuré, je me suis assis de nouveau sur la marche où, si souvent, j'avais attendu le retour de Gustave.

Léonie est arrivée peu après, portant un panier d'osier qui contenait quelques provisions. Sans même lui laisser le temps de les ranger dans le garde-manger, je lui ai raconté ce que le maire m'avait dit. Elle a haussé les épaules et m'a répondu :

— C'est pas le diable, quand même, cette femme.

Durant tout l'après-midi, je n'ai pas cessé de l'interroger sur ce que nous pourrions faire si on essayait de nous séparer, mais elle s'est contentée de me répondre que ce n'était pas la peine de s'inquiéter à l'avance, que nous aviserions le moment venu.

Le soir, nous avons passé un long moment sur le banc, devant la porte, dans la paix de la nuit qui tombait, et je me suis demandé si ce n'était pas l'un des derniers que je passais ainsi. J'aurais tant voulu que cette soirée ne se termine jamais ! Que le parfum des feuilles et de la terre chaude m'accompagne tout au long de ma vie, que n'existe plus la menace de quitter cette maison dans laquelle je vivais depuis toujours ! Comment abandonner ces murs, cette cuisine, cette cour, ce fenil où je m'étais si souvent réfugié dans l'odeur poivrée des foins secs ? Ces idées ont tourné dans ma tête toute la nuit et je n'ai pas réussi à dormir.

Au matin, j'ai supplié Léonie de ne pas partir, mais elle avait à faire chez elle. Alors je suis retourné sur le pas de la porte pour guetter. Je sentais la présence de ma mère assise derrière moi, sur une chaise, silencieuse et immobile. J'ai entendu la voiture bien avant qu'elle ne s'engage sur le chemin de terre qui menait chez nous. J'ai suivi son trajet dans ma tête comme je suivais celui de la moto de Gustave, il y avait, me semblait-il, des années. Enfin la voiture a débouché dans la cour et s'est garée devant la grange. C'était une quatre-chevaux verte. Je n'ai jamais pu l'oublier. Dès que j'ai vu la femme s'avancer vers moi en compagnie d'Ambroise, j'ai compris que nous risquions le pire. Elle avait des cheveux blancs épais, de grosses joues, des yeux marron sous des sourcils en accent circonflexe et une manière de pencher légèrement la tête sur le côté qui m'a étonné tout de suite. Elle s'efforçait de sourire, mais son sourire ne passait jamais ses lèvres. Il y restait prisonnier, provoquant un plissement des paupières comme si elle en souffrait.

— Voilà Mme Breuil, m'a dit Ambroise. Elle est directrice à l'Assistance et elle va s'occuper de tout, tu vas voir.

Pourquoi Ambroise ne me regardait-il pas ? Il avait dû discuter avec la directrice dans la voiture et, sans doute, il connaissait ses décisions. Il fallait bien que je les laisse entrer, pourtant. J'ai serré la main qu'elle me tendait, puis je suis allé m'asseoir à côté de ma mère qui s'était mise à écosser des petits pois. La directrice s'est assise face à nous, près d'Ambroise qui refusait toujours de croiser mon regard. Elle a observé ma mère un long moment, puis elle a hoché la tête pensivement et m'a dit :

— Je suis venue pour t'aider, mon petit. Je pense pouvoir te placer dans une ferme des alentours et tu continueras à aller à l'école au village. C'est bien ce que tu veux, n'est-ce pas ?

Les choses se présentaient un peu moins mal que je ne l'avais craint. J'ai répondu néanmoins, sans baisser les yeux :

— Ce que je veux, c'est rester avec ma mère.

Il y a eu un long silence, puis la directrice a regardé Ambroise d'un air contrarié ; elle a soupiré et dit :

— Ta mère, mon petit, elle a besoin d'être soignée.

Les sirènes que je redoutais tant se sont mises à hurler dans ma tête et il m'a semblé qu'elles n'avaient jamais retenti aussi fort. Dès cet instant, je n'ai plus prêté aucune attention à ce que disait cette femme qui parlait, parlait, en jetant de brefs regards vers ma mère dont les mains s'étaient arrêtées et qui souriait, maintenant, ayant compris qu'il était question d'elle. J'ai dit en me levant brusquement :

— Vous voulez l'enfermer, c'est ça ?

La directrice a sursauté et son visage a pris un air mauvais :

— C'est moi qui sais ce qui est bon ou pas pour ta mère, a-t-elle répondu d'une voix sèche. Toi, tu n'es qu'un enfant de dix ans et il va falloir que tu apprennes à obéir.

Il ne m'a pas fallu plus de deux secondes pour décrocher le fusil, poser la crosse sur le plancher, appuyer le canon sous mon menton et lancer :

— Si vous l'enfermez, je me tue.

Ma mère était venue se placer près de moi et m'avait pris le bras. La directrice était devenue toute pâle malgré la chaleur. Ambroise, lui, s'était levé et bégayait :

— Pose ça, « pitiou », pose ça !

— Pas avant que vous m'ayez juré de ne pas me séparer de ma mère.

La directrice demeurait bouche ouverte, dépassée par la situation. Ambroise, lui, a fait un pas en avant mais je l'ai arrêté en criant :

— Recule ou je tire !

Il a lu dans mes yeux que je n'hésiterais pas et, après un instant, il s'est assis de nouveau. Mon regard est revenu alors se poser sur la directrice qui a murmuré :

— C'est entendu, petit, mais pose ce fusil.

J'ai crié :

— Jurez-le-moi !

Elle a hésité, a regardé ma mère une nouvelle fois, puis elle a dit :

— Je te le promets.

— Toi aussi, Ambroise ; jure !

Ambroise a juré en levant solennellement une main qui tremblait. J'ai retiré alors le fusil de dessous mon menton, mais je l'ai gardé dans les mains tout en m'asseyant sur une chaise que j'ai éloignée d'eux. Ensuite, je ne sais pas très bien ce qui s'est passé car j'avais très mal à la tête. Je me souviens seulement de l'arrivée de Léonie, d'une longue discussion entre elle, Ambroise et la directrice. Ces derniers sont repartis et Léonie m'a dit que tout était arrangé, que je pouvais reposer le fusil. Mais j'avais eu trop peur pour me priver du seul moyen de défense que je possédais. À partir de cet instant, je ne m'en suis plus séparé, l'emportant même dans ma chambre, la nuit, pour dormir.

Durant la semaine qui a suivi, Léonie, sur la demande de la directrice, est restée aux Terres blondes, s'absentant seulement une heure le matin et une heure le soir pour s'occuper de sa vache, de ses poules et de ses lapins. Elle a essayé plusieurs fois de me reprendre le fusil, mais je me méfiais d'elle car elle discutait beaucoup avec Ambroise et j'avais l'impression d'être seul, désormais, dans le combat que je menais.

La directrice est revenue au bout de huit jours en compagnie d'Ambroise. Elle m'a annoncé que la famille Combessou, de Laulerie — un lieu-dit proche du village —, avait accepté de m'accueillir. Je continuerais à aller à l'école à Saint-Martial, mais je devrais aider aux travaux des champs pendant les vacances. Quant à ma mère, Léonie avait accepté de s'occuper d'elle, puisqu'elle était sa seule parente : je pourrais donc la voir chaque jour en allant à l'école, et chaque fois que je le souhaiterais. Rassuré, j'ai accepté de rendre le fusil à Ambroise qui s'est empressé de le faire disparaître.

— Alors ! m'a demandé la directrice, tu es content ?

Il m'a semblé qu'elle avait peur de moi. Je me suis juré de trouver un autre fusil là-bas, à Laulerie, au cas où elle reviendrait sur sa parole. Mais, en voyant combien Ambroise et Léonie paraissaient satisfaits, j'ai eu l'impression que pour la première fois de ma vie les menaces qui rôdaient autour de moi venaient de s'envoler, et j'ai cru que c'était pour toujours.

10

À Laulerie, j'ai retrouvé Louise Combessou qui allait à l'école au village. Elle était très brune, très maigre, et l'on ne voyait dans son visage que ses deux grands yeux noirs qui riaient tout le temps. Elle s'était battue à mes côtés, une fois, sur un chemin, et je ne l'avais pas oubliée. Elle est très vite devenue pour moi plus qu'une amie, presque une sœur, à qui je n'ai pas hésité à confier mes secrets.

À côté de la maison principale dominée par un pigeonnier, il y avait un four à pain au-dessus duquel on faisait sécher les châtaignes, un puits muni d'une chaîne qui s'enroulait sur un axe hérissé de dents de bois, un séchoir à tabac et une étable dont l'étage servait de fenil. La ferme se trouvait à cinq cents mètres de la rivière, au-delà de la maison de Léonie devant laquelle je devais donc passer chaque jour en allant à l'école.

J'ai été très bien accueilli par les Combessou, qui travaillaient beaucoup, vivaient modestement mais ne manquaient de rien. Comme il n'y avait pas de chambre pour moi, je dormais dans la grange, mais je pouvais faire mes devoirs en compagnie de Louise, chaque soir, dans la grande cuisine, avant d'aller me coucher.

Avec Louise, ils étaient cinq à Laulerie : Célestin et Maria, qui approchaient de la soixantaine et dirigeaient la maisonnée ; Félix et Rose, les parents de Louise, qui n'avaient pas trente ans. Félix, le gendre, était gros, calme, ne s'arrêtait jamais de travailler et parlait peu. Rose ressemblait à sa fille : brune aussi, et noire mais rieuse et pleine de gaieté. Célestin était le vrai maître de Laulerie : avec ses cheveux blancs, ses moustaches et ses yeux clairs, il me faisait peur, surtout lors des repas, quand il m'examinait de son regard de fer, à l'autre bout de la table. Pourtant, je me sentais encore plus mal en présence de Maria, une grosse femme à chignon et aux yeux couleur de châtaigne : dès que j'étais arrivé, le premier jour, elle s'était mise à pleurer. Depuis, chaque fois que je devinais son regard posé sur moi, si je relevais la tête, je voyais des larmes dans ses yeux. Je n'en parlais à personne car je me disais que j'étais peut-être le seul à l'avoir remarqué.

Quand je suis arrivé à Laulerie, l'école n'avait pas encore commencé, mais j'allais quand même chaque jour chez Léonie et personne n'y trouvait à redire : c'était convenu entre la directrice de l'Assistance et les Combessou. Je me suis rendu compte rapidement que ma mère n'était pas malheureuse, au contraire : elle suivait Léonie le long des chemins, ne restait jamais seule, et s'occupait dans la maison à toutes sortes de travaux dans lesquels, comme toujours, elle s'appliquait de son mieux. Elle semblait avoir oublié notre départ des Terres blondes, un matin, sur la charrette conduite par Célestin Combessou. Ambroise avait vendu nos meubles — peu nombreux, du reste, et de peu de valeur. Les ustensiles de cuisine et la volaille avaient été confiés à Léonie, les outils, les vaches et la jument aux Combessou. Avant de partir, j'avais fait le tour des terres et des prés, j'étais monté dans le fenil, et je m'étais aperçu que c'était lui, surtout, qui me manquerait, plus que la maison qui retentissait encore, me semblait-il, des cris de Gustave. Mais, en fermant la porte, tout de même, j'avais pensé aux soirs d'été, là, sur le banc, à ces moments où ma main rejoignait celle de ma mère dans mes cheveux, aux hirondelles dans le ciel, au parfum du chèvrefeuille, au lourd silence qui descendait sur la terre fatiguée, à ces trésors de ma vie que je ne retrouverais peut-être jamais.

Les jours passaient, je m'habituais à ma nouvelle famille, comme ma mère à Léonie, et nous étions heureux.

— Tu vois ? me disait Léonie chaque fois que je poussais sa porte, elle est bien avec moi.

Oui. Elle était bien, je le savais. Et je savais surtout qu'elle était en sécurité puisque quelqu'un veillait sur elle à chaque minute de chaque jour. Je n'avais plus besoin de courir. J'avais changé de monde et je ne pensais plus aux heures sombres des Terres blondes.

Quand je n'étais pas chez Léonie, je travaillais dans les champs et, en fin d'après-midi, je gardais les vaches avec Louise. Je lui parlais de mon père que je devais retrouver. Elle me promettait de m'aider. C'était devenu un secret que nous partagions sans que ni l'un ni l'autre ne songe à le trahir.

— On le retrouvera, disait-elle, j'en suis sûre.

Nous parlions aussi de ma mère, de la manière qu'elle avait de se comporter, de ses plaintes près du grand chêne de la route. Je demandais tout bas à Louise :

— Tu crois qu'elle est folle ?

— Mais non, répondait-elle, elle est seulement endormie.

— Tu crois qu'elle se réveillera un jour ?

— Oui, disait Louise, mais il faut d'abord le retrouver.

Je me sentais moins seul pour porter le fardeau qui pesait sur mes épaules depuis si longtemps. J'avais envie de crier, mais c'était de soulagement, et non plus de douleur. Les jours ne portaient plus de menaces. Ils étaient devenus bleus, merveilleusement bleus.

Le matin, sitôt levé, j'aidais les femmes à traire les vaches pendant que les hommes changeaient la litière, puis, en compagnie de Louise, je suivais Rose à Saint-Martial où elle vendait le lait. Elle arrêtait la charrette sous les frênes, et elle prenait le « chabalou » par-dessus ses épaules pour livrer dans les maisons. Louise tenait la mesure et moi je versais le lait dans les cantines où il résonnait joyeusement. Je revoyais alors tous ceux que je connaissais : Joseph, le coiffeur, qui continuait à me prêter des livres; Louisou le boulanger et Rosalie, Bégu, aussi, qui venait prendre ses ordres chez Ambroise avant d'aller dormir à l'ombre des haies.

Au retour, on s'arrêtait chez Léonie. Rose m'y laissait quelques minutes avec Louise, rentrait avec la charrette jusqu'à Laulerie et nous courions pour la rattraper. Ensuite, nous la suivions dans les champs jusqu'à midi puis nous aidions Maria à la cuisine. Après le repas — où l'on mangeait beaucoup mieux qu'aux Terres blondes —, tout le monde gagnait la fraîcheur des chambres pour la sieste. Comme il faisait trop chaud dans la grange, j'allais m'allonger sur la mousse entre les châtaigniers. À quatre heures, nous buvions du vin sucré dans lequel Rose coupait des morceaux de pain dur, puis je suivais Félix qui posait des pièges à perdrix dans les chaumes, ou j'aidais les femmes à ramasser les prunes qui éclataient au soleil et coulaient dans ma bouche comme du miel chaud.

Venait alors l'heure de conduire les vaches au pré. C'était le moment de la journée que je préférais. Le soleil inclinait enfin sa course dans le ciel blanc et, sur le sentier qui se faufilait entre les chênes et les châtaigniers, un peu d'air frais, parfois, circulait. Nous marchions derrière les vaches qui ne se pressaient pas et tendaient la tête vers les branches basses des arbres. Dans ce monde-là, je me sentais en sécurité. Il me venait de temps en temps la crainte de le perdre, mais la présence de Louise me rassurait. Nous nous asseyions à l'ombre de la haie, nous mangions jusqu'à en avoir la bouche mâchée ces prunelles âcres que seuls les premiers froids attendrissent, et nous parlions d'elle, encore et toujours.

— Le jour où elle se réveillera, elle pourra tout nous raconter.

— Bientôt, disait Louise, mais il faut d'abord le retrouver.

Elle soupirait, regrettait :

— Alors tu partiras.

— Mais non, on habitera à Saint-Martial, voilà tout, et tu viendras chez moi, comme moi je suis venu chez toi aujourd'hui.

— Parce que tu crois qu'il voudra vivre ici ?

J'étais certain que mon père nous emmènerait de l'autre côté de l'océan, mais je ne voulais pas faire de la peine à Louise. Alors je répondais :

— Sans doute, puisqu'il a vécu ici.

— Tu en es sûr?

— Léonie m'a dit que ma mère n'avait jamais quitté la vallée.

— Alors il l'a connue ici, tranchait Louise, il ne peut pas en être autrement.

Les vaches s'éloignaient vers la luzerne, on envoyait le chien, puis on roulait dans l'herbe, enlacés, comme tous les enfants qui ne connaissent pas encore l'idée du mal.

Cette vie sans soucis a duré jusqu'à la fête de Saint-Martial, à la fin du mois d'août. Pendant les jours qui la précédaient, des manèges s'installaient sur la place : chevaux de bois, « autos-tampons », tapis roulant, des stands de tir, aussi, ou bien des jeux d'adresse. On montait également une estrade pour l'orchestre qui ferait danser les gens du village et des alentours sur un plancher rectangulaire entouré de lampions. La veille de la fête, une fanfare est passée dans les fermes pour donner des aubades et récolter quelques sous. Puis le samedi soir est arrivé et la fête a pu commencer.

C'est Rose qui nous a emmenés, Louise et moi. Nous avons pris au passage ma mère et Léonie, tandis que le son des accordéons et des trompettes retentissait déjà dans la nuit qui descendait lentement sur la vallée. Dès notre arrivée, nous sommes montés sur les manèges, pendant que ma mère et Léonie, après avoir fait le tour de la place, s'asseyaient à l'une des tables dressées sur tréteaux qui entouraient la piste de danse.

Quand je suis revenu vers elles, au bout d'une heure, ma mère ne s'y trouvait plus.

— Regarde-la ! m'a dit Léonie, regarde comme elle danse !

Elle dansait, en effet, dans les bras d'Ambroise, la tête un peu rejetée vers l'arrière, un sourire sur ses lèvres, comme dans un rêve. Je me suis approché, un peu inquiet, tout de même, de la voir tourner follement, et rire, maintenant, sans qu'un son sorte de sa bouche. La musique semblait l'emporter, elle paraissait ailleurs, fermait les yeux, et il y avait quelque chose, dans ce rire muet, qui me faisait mal.

La musique s'est arrêtée brusquement. Ma mère a continué de tourner un instant et Ambroise a dû la retenir. Il lui est venu alors sur le visage le même air déçu que lorsqu'elle achevait le travail qu'on lui avait confié, un peu comme si elle se réveillait après un long sommeil. Elle a regardé autour d'elle, affolée, puis, reconnaissant l'endroit où elle se trouvait, elle s'est calmée, tandis qu'Ambroise la raccompagnait jusqu'à sa chaise.

Je me suis rendu compte, ce soir-là, combien la musique avait de pouvoir sur elle et j'ai compris qu'elle avait encore envie de danser. Je me suis dit alors, songeant à mon père, qu'il devait souvent l'emmener au bal. J'ai regretté très fort de ne les avoir jamais vus ensemble et ç'a été si violent que j'ai fermé les yeux et que je me suis arrêté de respirer. Quand je les ai rouverts, Louisou, le boulanger, était venu l'inviter. Près d'eux, Félix faisait danser Rose. J'étais un peu étonné de tous ces sourires que la musique provoquait chez les adultes d'ordinaire si sérieux. Mais cette joie me rassurait : il ne pouvait rien arriver de grave dans une telle nuit.

J'ai levé la tête vers les étoiles, j'ai rêvé un moment à ces mondes lointains où la lumière semble si belle, puis mon regard est revenu vers la piste de danse sur laquelle les lampions jetaient des lueurs rouges et bleues. Ma mère valsait toujours, semblait ne voir personne autour d'elle, et je me suis demandé si elle ne s'imaginait pas danser avec mon père. Elle était loin, en tout cas, car elle ne sentait même pas les chocs des autres danseurs et se laissait conduire en fermant les yeux. J'avais envie que cela continue mais très envie également que la musique s'arrête. Quand Louisou l'a raccompagnée, elle a eu le même regard affolé que la première fois, puis, tout de suite après, le même sourire.

Félix a commandé pour Louise et pour moi de la grenadine, pour eux du Cinzano. Il se faisait tard, mais la musique jouait toujours et ma mère avait toujours un air émerveillé. C'est alors que l'homme est arrivé. Il était grand, brun et frisé, avec des yeux noirs. Je le connaissais : c'était un Italien qui travaillait comme domestique chez les Estève à Lavalade. Il n'avait guère plus de vingt-cinq ans et s'appelait Luigi. Quand je l'ai aperçu, il était arrêté devant ma mère et lui souriait, penché légèrement en avant. J'ai remarqué tout de suite qu'elle s'était mise à trembler et que ses yeux, soudain, s'étaient emplis de larmes. Personne n'a eu le temps de s'interposer quand elle s'est levée. Déjà elle tournait, elle tournait, non plus les yeux clos, mais en regardant fixement l'Italien qui lui parlait en souriant. Ils étaient seuls sur la piste, comme si les gens attendaient que quelqu'un les arrête. J'ai voulu me lever mais Léonie m'a retenu par le bras.

— Laisse, m'a-t-elle dit, tu vois bien qu'elle est contente.

Tout le monde les regardait mais ils paraissaient ne pas s'en rendre compte. Ils tournaient comme si rien n'existait à part eux, comme s'ils se connaissaient depuis toujours. Luigi, pourtant, était plus jeune qu'elle, et j'étais certain qu'elle ne l'avait jamais rencontré. Quel était ce mystère qui les unissait ? Je ne souhaitais plus qu'une chose maintenant : que la musique s'arrête, vite, très vite.

Heureusement, des couples les ont rejoints et se sont mis à virevolter autour d'eux. Je me suis senti soulagé de ne plus la voir seule sous les regards curieux des villageois. La danse m'a paru durer longtemps, trop longtemps, puis le silence est retombé. Je me suis dirigé vers elle. Elle avait posé sa tête sur l'épaule de Luigi qui lui caressait les cheveux. Je l'ai prise par la main pour la ramener vers sa chaise mais elle a gardé la tête tournée vers Luigi, comme pour l'appeler. Enfin elle a accepté de s'asseoir. C'était fini. Là-bas, Ambroise s'était approché de l'Italien et lui parlait. Luigi a hoché la tête et s'est éloigné.

— Il faut rentrer, a dit Léonie.

J'avais hâte de me réfugier dans l'ombre de la nuit. Une fois sur le chemin, j'ai craint que ma mère ne refuse de me suivre. J'ai serré très fort sa main et j'ai pressé le pas, marchant devant tout le monde. La peur était revenue : je la sentais tapie quelque part près de nous. Personne ne parlait. Il n'y avait plus d'étoiles dans le ciel.

11

En ce début de septembre, la brume des matins retardait l'apparition du soleil et la chaleur devenait moins pénible. Parfois, même, en fin de journée, un souffle plus frais parcourait la vallée, peu après l'angélus. J'étais bien content qu'il fasse moins chaud, car c'était le début des grands travaux d'automne et Félix et Célestin avaient besoin de moi. Je les aidais à labourer les rétoubles [1], à couper le regain, à arracher les pommes de terre, et il faudrait bientôt s'occuper de la luzerne et du maïs. Le soir, j'étais si fatigué qu'il m'arrivait de m'endormir en trayant les vaches, appuyé contre leur flanc tiède qui se soulevait doucement.

La journée, comme j'étais très occupé, j'oubliais facilement la soirée du bal. Mais, dès que je me retrouvais seul, j'y pensais souvent et je me deman-

1. Les chaumes.

dais ce qui avait bien pu se passer dans la tête de ma mère, ce soir-là. Selon Louise, Luigi devait lui rappeler quelqu'un. Léonie, que j'interrogeais à ce sujet chaque fois que je la rencontrais, ne savait que me répondre :

— Qu'est-ce que tu vas imaginer? Elle aime danser, c'est tout. Elle suivait les bals quand elle était plus jeune. Je me souviens l'y avoir vue plusieurs fois.

— On aurait dit qu'elle le connaissait.

Léonie haussait les épaules, reprenait :

— Des grands bruns, c'est pas ce qui manque par ici.

Je n'insistais pas, sachant que je n'en tirerais rien de plus. Louise, à qui j'avais demandé d'interroger sa mère, se heurtait au même silence. J'étais obligé de faire face seul à ce mystère qui s'ajoutait à tant d'autres. J'essayais d'imaginer la vie de ma mère dans les fermes où elle avait été placée, travaillant, comme moi, de l'aube jusqu'au soir. Je cherchais à savoir dans quelle métairie vivait un homme qui ressemblait à Luigi, et il y en avait beaucoup, effectivement, comme l'affirmait Léonie. Mais aucun n'avait l'âge de ma mère. Tous étaient beaucoup plus vieux, ou bien plus jeunes. J'avais beau réfléchir, je ne trouvais rien qui puisse me mettre sur la voie.

Pour les vendanges, comme à l'occasion des fenaisons ou des battages, les paysans s'aidaient les uns les autres. À Laulerie, Célestin avait estimé qu'une journée suffirait pour couper et rentrer le raisin. Il avait été décidé avec Maria et Rose que Léonie et ma mère viendraient les aider à la cuisine, car il fallait préparer à manger pour une trentaine d'hommes et de femmes. Louise attendait cette journée avec impatience, moi avec un peu d'inquiétude à cause de ce qui s'était passé à La Gondie au mois de juin.

Tout le monde est arrivé de très bonne heure, ce matin-là, malgré la grande nappe de brouillard qui noyait la vallée. On entendait à peine les coqs se répondre, tellement la brume étouffait les bruits, mais on devinait que la journée serait belle à la fragilité de l'air qui paraissait léger comme du givre. Les vendangeurs semblaient heureux, allaient de l'un à l'autre, se saluaient avec de grands gestes, comme s'ils ne s'étaient pas vus depuis longtemps.

J'étais déjà assis sur la charrette, prêt à partir, quand Luigi est arrivé en compagnie du père Estève. Louise l'a aperçu en même temps que moi. Sentant se réveiller la même angoisse que le soir du bal, j'ai eu peur que ma mère apparaisse à ce moment-là et je n'ai eu qu'une hâte : que l'on parte au plus vite.

— Tu crois qu'il est venu exprès ? m'a demandé Louise.

J'ai répondu, sans en être bien sûr :

— Non. Le père Estève n'a pas dû lui demander son avis.

À cet instant, ma mère et Léonie sont entrées dans la cour. J'ai sauté en bas de la charrette, j'ai couru vers elles et je les ai entraînées vers la cuisine où Maria leur a donné tout de suite du travail. Je suis resté près de la porte jusqu'à ce que les charrettes partent et je n'ai rejoint Louise, soulagé, qu'au dernier moment.

Le soleil n'ayant pas encore percé les nuages, il faisait frais sur la route étroite et luisante de rosée qui menait vers les vignes. Les hommes s'interpellaient d'une charrette à l'autre, se donnaient des nouvelles de leur famille, parlaient du temps, du vin qui serait bon, à coup sûr, grâce à la chaleur qui durait depuis le début de l'été. Pour ma part, je ne songeais qu'au moyen d'empêcher ma mère de rencontrer Luigi. Je ne savais pas pourquoi, mais quelque chose me disait qu'il ne le fallait pas, et Louise était de mon avis. Nous avons eu tout le temps d'en discuter, une fois dans la vigne, tandis que nous avancions face à face, de part et d'autre d'une rangée de ceps, en coupant les grappes humides.

Vers neuf heures, le soleil a déchiré la brume en quelques minutes et la vallée s'est mise à étinceler. De grise, la lumière est devenue tiède et dorée.

— Regarde comme c'est beau ! m'a dit Louise.

Tous les vendangeurs avaient levé la tête. La

lumière semblait pétiller comme l'eau basse d'une rivière sur des galets, pendant que les derniers lambeaux de brume achevaient de fondre dans les fins rayons du soleil. Les grappes brillaient et les feuilles s'égouttaient sur la terre qui s'était mise à fumer.

Après quelques minutes, nous avons repris le travail. Quand j'arrivais au bout d'une rangée, je vidais mon panier et celui de Louise dans la comporte qui attendait là. De temps en temps, lorsque nous étions accroupis à l'abri des regards, nous prenions une grappe dans notre bouche et nous mordions dans les grains avec un plaisir sans pareil, comme le font, en se cachant, tous les enfants à l'occasion des vendanges. Enfin, à force de travail et de fatigue, j'ai oublié la présence de Luigi près de nous.

Je m'en suis souvenu brusquement à midi, quand les vendangeurs se sont mis en route vers Laulerie pour aller manger.

J'ai dit à Louise :

— Vite ! Courons !

Nous sommes arrivés bien avant les autres et je me suis précipité vers la cuisine où j'ai constaté qu'il y avait trois couverts mis sur une petite table. Rose m'a expliqué qu'ils étaient pour Louise, pour ma mère et pour moi. Elle-même et Maria porteraient les plats aux hommes sur les tables dressées dans la cour, comme c'était la coutume.

Tout s'est bien passé pendant le repas et dans les minutes qui l'ont suivi, ma mère se mettant à la vaisselle aussitôt après avoir mangé, sans demander à sortir. Je suis reparti au travail complètement rassuré. Je ne savais pas que les femmes viendraient nous aider pour achever la récolte, qui était plus abondante que prévu.

C'est en arrivant dans la vigne, vers quatre heures, que ma mère s'est trouvée face à face avec Luigi qui hissait une comporte sur la charrette. Quittant les trois femmes qui entraient dans la vigne en discutant, elle est revenue sur ses pas et s'est approchée de Luigi. Je l'ai aperçue tout de suite en vidant mon panier. J'ai couru et je l'ai prise par le bras pour la retenir. À cet instant, Luigi s'est retourné, lui a souri. J'ai essayé d'entraîner ma mère, mais elle a refusé de me suivre. Luigi a sauté au bas de la charrette, a caressé sa joue, murmuré :

— *Bellissima.*

Puis il est reparti vers la vigne et j'ai pu alors attirer ma mère à l'écart. Léonie et Rose, qui avaient compris ce qui se passait, venaient à notre rencontre. Je leur ai jeté un regard de reproche, auquel Léonie a répondu en haussant les épaules et en disant :

— Que tant d'affaire ! Il ne va pas la manger, tout de même !

Je lui en ai voulu, mais j'ai préféré ne rien dire et

emmener ma mère vers l'angle de la vigne qui se trouvait à l'opposé de la charrette. Là, j'ai eu beau lui expliquer comment couper les grappes et les déposer dans le panier, je ne suis pas parvenu à l'intéresser au travail. Elle ne cessait de se redresser, de regarder la charrette, ne me suivant même pas quand j'avançais, alors que je l'appelais. Et cela a duré jusqu'au moment où l'on a pu repartir à la ferme, à sept heures du soir.

A Laulerie, malgré mes tentatives pour la faire asseoir près de moi, elle est demeurée debout derrière la fenêtre à regarder Luigi, qui, pourtant, ne cherchait pas à attirer son attention. Comme j'étais à bout de patience, que la nuit tombait, Léonie a décidé de partir. Pour être sûr que ma mère la suivrait, je les ai accompagnées. Ma mère a tourné longtemps la tête vers la ferme et s'est plainte avec des gémissements qui ont réveillé en moi le souvenir des heures noires près du grand chêne. Quand nous sommes arrivés, retrouvant son univers familier, elle a paru oublier Luigi. Soulagé, je suis reparti en me jurant de veiller à ce qu'ils ne se trouvent plus jamais en présence l'un de l'autre. Je n'ai pas pu m'empêcher d'y penser une grande partie de la nuit et, au matin, de demander à Rose :

— Pourquoi le cherche-t-elle comme ça ?

Rose s'est mise à rire :

— Faut croire qu'elle le trouve à son goût.

J'étais furieux de voir que les grandes personnes faisaient semblant de n'accorder aucune importance à ce qui, pourtant, j'en étais persuadé, pouvait devenir grave. Aussi je n'ai pas été du tout surpris quand Léonie a surgi dans la cour de Laulerie, à la fin de la matinée, en me disant :

— Le temps de préparer une décoction de chardon bénit dans le grenier, quand je suis redescendue, elle avait disparu.

J'ai répondu, affolé :

— Je savais que ça finirait mal.

Mais Léonie avait l'air si ennuyée que j'ai pas eu le cœur de lui reprocher quoi que ce soit. Alors, sans nous consulter, nous avons pris la route de Lavalade car il nous était venu à tous les deux la même pensée : ma mère avait dû essayer de retrouver Luigi.

Il y avait plus de deux kilomètres entre Laulerie et Lavalade. Le chemin passait entre des champs fraîchement labourés et rejoignait la route de Fayrac qu'il fallait suivre un moment avant de prendre un chemin de terre sur la droite. D'abord je suis resté silencieux, m'efforçant seulement de marcher le plus vite possible, puis je n'ai pas pu m'empêcher de dire à Léonie :

— Tu le savais que ça finirait mal, alors pourquoi l'as-tu emmenée dans la vigne ?

— Écoute, « pitiou », on va pas l'enfermer, non ?

— Il fallait la conduire ailleurs puisque Luigi était là.

Je me suis arrêté brusquement, et j'ai ajouté, des larmes de rage dans les yeux :

— Je suis sûr que tu sais pourquoi elle a besoin de lui !

Devant mon désarroi, Léonie a murmuré :

— Probable qu'il doit lui rappeler quelqu'un.

— Qui ? Mon père ?

— Est-ce que je sais, moi ?

— Oui, tu le sais.

Léonie est revenue sur ses pas, m'a pris par le bras, puis elle m'a dit :

— Allez ! Ne raconte pas de bêtises, si je le savais je te le dirais.

Elle paraissait si sincère que je me suis résigné à la suivre, silencieux de nouveau, dans l'odeur des moûts qui courait sur la vallée, portée par le vent du sud.

Quand nous sommes arrivés à la ferme qui se trouvait derrière un rideau de frênes et de peupliers, les Estève étaient en train de manger. Ils ne se sont pas étonnés de notre visite, ayant appris ce qui s'était passé lors des vendanges. Ils avaient dû en faire le reproche à Luigi, car il a paru embarrassé de nous voir. Répondant aux questions de Léonie, le père Estève a expliqué que depuis le matin il labourait sa grande terre, près de la croix de la Moulie, mais il n'avait vu personne. Luigi, qui était avec lui, n'avait pas vu ma mère non plus.

Léonie a remercié et nous sommes repartis.

— Allons voir quand même, m'a-t-elle dit ; de toute façon, il faut bien la chercher quelque part.

Il ne nous a pas fallu plus d'une demi-heure pour arriver à la grande terre qui se trouvait dans un vallon humide où sourdait une source entre des joncs. Cette parcelle brune était entourée de petits chênes, de châtaigniers et de fougères. Je suis parti d'un côté, Léonie de l'autre, et je n'ai pas tardé à trouver ma mère assise à l'ombre d'un arbre, calme, sans inquiétude, comme si elle attendait tranquillement le retour de Luigi.

Je n'ai rien pu lui reprocher, car elle s'est montrée heureuse de nous voir et elle nous a suivis sans aucune difficulté, se retournant simplement de temps en temps vers le champ désert. Une fois chez Léonie, quand nous nous sommes retrouvés assis face à face, je lui ai dit :

— Il ne faut pas partir comme ça, tu te perdrais.

— Et puis, tu sais, les hommes..., a soupiré Léonie en posant la soupière sur la table.

Nous avons mangé en silence, perdus que nous étions, Léonie et moi, dans nos pensées. Ma mère, elle, levait la tête vers la porte toutes les trente secondes, comme si quelqu'un, dehors, l'attendait.

Au moment de repartir à Laulerie, j'ai demandé à Léonie :

— Qu'est-ce qu'on va faire ?

— Ne t'inquiète pas ; elle finira bien par oublier.

Quelque chose, pourtant, me disait qu'elle ne renoncerait pas aussi facilement à Luigi. Mais comment l'en empêcher ? Je me suis rassuré en me disant que Léonie connaissait ma mère aussi bien que moi et savait se faire comprendre d'elle. Je ne pouvais pas espérer meilleure compagnie ni meilleure gardienne. Avant de partir, j'ai dit à ma mère :

— Si tu as envie de te promener, viens donc à Laulerie.

Elle a souri, mais j'ai compris qu'elle ne m'entendait pas. Elle était loin, à cette heure, très loin de moi, de nous, de cette maison, perdue dans ces lieux qu'elle était seule à connaître et dans lesquels, je le savais, personne ne la rejoindrait jamais.

12

Dans la semaine qui a suivi, il y a eu de très belles journées. Ce n'était plus maintenant la chaleur du plein été, mais des heures plus douces, même l'après-midi, quand le soleil était haut. Les gros travaux étant terminés, j'aurais aimé profiter du temps qui me séparait du début de l'école pour aller chercher les cèpes dans les bois, mais ma mère, en continuant de s'enfuir, a fini par venir à bout de la patience de Léonie.

— Je ne sais plus quoi faire, m'a-t-elle dit un soir où nous étions assis sur son banc, devant la porte, et que j'espérais retrouver la paix des Terres blondes.

Elle a ajouté, tandis que je me demandais si tous ces tracas allaient s'arrêter un jour :

— Quand je reçois quelqu'un, je suis obligée de l'enfermer dans sa chambre et elle pleure comme une chatte à qui on a pris ses petits. On ne peut quand même pas demander aux Estève de chasser cet Italien !

Non, on ne le pouvait pas et c'était pourtant la seule solution. A Laulerie, Maria et Célestin paraissaient inquiets de me voir chercher ma mère toute la journée et ils ne me reprochaient pas de ne pas travailler. Ils ne m'en parlaient pas, mais je savais qu'ils interrogeaient Louise à ce sujet. Quand je rentrais, le soir, fatigué, ils me regardaient avec tristesse et hochaient la tête d'un air préoccupé.

Chaque fois que je me retrouvais seul avec ma mère, j'essayais de la raisonner, de la ramener vers moi, de lui changer les idées. En la prenant par les épaules, la forçant à me regarder, je lui disais :

— On va partir tous les deux loin d'ici, tu veux bien ? On ira voir l'océan, on prendra un bateau et on le trouvera là-bas, lui. Tu oublieras tout ce qu'il y a ici, tu seras contente, tu verras, tu verras...

A force de lui parler de ce voyage, j'ai fini par me persuader que je devais vraiment l'emmener loin de la vallée, vers cet océan dont l'idée, me semblait-il, allumait une lueur de gaieté dans ses yeux.

Je répétais, en la voyant sourire, certain qu'elle comprenait :

— L'océan, l'océan, tous les deux, tous les deux !

Elle riait, elle riait, et le mur s'écroulait pendant quelques instants, lui faisant tout oublier de ce passé qui la retenait loin de moi.

Je n'ai pas attendu longtemps l'occasion de partir. Elle s'est présentée le dimanche suivant, la famille Combessou étant invitée chez ses cousins de Jumillac. Dès qu'ils ont disparu sur la route, j'ai attelé la Toiloune, je me suis muni de quelques provisions et de deux couvertures que j'ai cachées dans un sac, puis je suis parti vers la maison de Léonie. Elle a été bien contente de ma décision d'emmener ma mère en promenade, car elle ne savait plus comment s'y prendre pour la retenir dans la maison, et elle avait besoin de se reposer. Elle m'a dit simplement :

— Fais attention aux voitures, il y en a beaucoup, le dimanche, sur les routes.

Je l'ai rassurée, j'ai promis d'être prudent, puis je suis parti en direction de Saint-Martial, ma mère assise près de moi, sur la banquette, un peu inquiète, m'a-t-il semblé, comme si elle avait compris que je l'emmenais loin de Luigi. Depuis le pont sur la rivière, j'ai aperçu des joueurs de boules sur la place, mais pas un n'a remarqué la charrette. Une fois de l'autre côté, ma mère s'est retournée, et je lui ai pris le bras en disant :

— L'océan ! L'océan ! On va le voir, tous les deux !

Comme elle souriait maintenant, j'ai continué de lui parler, tandis que, passé la petite butte plantée de frênes, la charrette s'engageait sur la route qui s'ouvrait un passage entre des charmes et des châtaigniers. J'ai mis la jument au trot, mais elle s'est fatiguée très vite et a repris son pas habituel dès que nous sommes sortis du couvert des grands arbres. Devant nous s'étendait maintenant une autre plaine qui m'a paru plus vallonnée que celle de Saint-Martial. Des trembles pétillaient là-bas, le long d'un ruisseau qui jetait par endroits des éclairs de vitre jouant sous le soleil. L'horizon se refermait sur deux collines, dont les versants étaient labourés, et leurs sommets plantés de bouquets d'arbres qui devaient être des chênes nains et des genévriers.

J'ai dit à ma mère :

— Ne t'inquiète pas, dès qu'on aura trouvé la Dordogne, il nous suffira de la suivre ; c'est elle qui nous mènera à l'océan.

Au fur et à mesure que nous nous éloignions du village, son visage s'assombrissait. Elle s'est retournée de nouveau plusieurs fois, puis elle s'est levée, comme si elle voulait descendre. Alors j'ai pris les rênes dans la main gauche, de l'autre je lui ai tenu la main et j'ai continué à lui parler.

— N'aie pas peur, on va voir des vagues et des bateaux. Tu l'oublieras, tu verras. Tu sais bien que c'est pas Luigi qu'il te faut. Le tien, le vrai, il est beaucoup plus beau ; fais un effort, rappelle-toi !

Elle s'est calmée au bout de quelques minutes, comme si elle était bercée par mes mots. Je lui ai montré un château sur notre droite, puis, un peu plus loin, des séchoirs à tabac, des silos à maïs, de grosses fermes et des pigeonniers. A l'approche d'une grand-route, nous avons commencé à croiser des tractions et des quatre-chevaux, et la jument, peu habituée aux bruits des moteurs, s'en effrayait parfois. Je devais alors tenir fermement les rênes et lui parler, à elle aussi, pour la rassurer. Elle finissait par reprendre son pas lourd et tranquille, avançant lentement vers l'extrémité de la vallée qui rétrécissait, maintenant, entre les labours.

De ce côté, je n'étais jamais allé aussi loin. De l'autre côté, vers Jumillac et Fayrac, oui, et à plusieurs reprises, mais dans cette direction jamais. Ce paysage inconnu m'a donné un moment envie de retourner, mais j'ai pensé à Luigi, à ma promesse d'emmener ma mère à l'océan, et je me suis senti plus fort. Alors j'ai continué sans forcer la jument, mais sans parler, maintenant, l'attention de ma mère étant accaparée par les hameaux inconnus que nous traversions dans le grand silence des après-midi d'été.

Plus loin, la route a débouché dans une plaine très verte au milieu de laquelle coulait une rivière beaucoup plus belle que celle de Saint-Martial. J'ai dit à ma mère, en la lui montrant du doigt :

— Regarde ! C'est la Dordogne.

Elle a paru se réveiller, a regardé un long moment les grands peupliers, les saules et les aulnes qui jaunissaient sur les rives vertes, tandis qu'un sourire était figé sur ses lèvres. Je me suis dit que j'étais en train de réussir : elle semblait avoir tout oublié de ce qu'elle avait laissé derrière elle. Un peu plus loin, j'ai fait descendre la jument dans une petite anse, au fond d'un pré qui s'inclinait en pente douce vers la rivière. Là, je l'ai dételée et je l'ai fait boire. Puis j'ai dit à ma mère :

— Et si on passait la nuit ici ?

Mais j'ai pensé que nous n'étions pas assez loin de Saint-Martial et j'ai préféré repartir.

A l'approche du soir, nous avons traversé un village où des hommes jouaient aux quilles sur une place entourée de platanes. La terrasse d'un café-restaurant était pleine de monde. J'ai mis la jument au trot pour m'éloigner le plus vite possible. Enfin, un peu avant la tombée de la nuit, j'ai pris un sentier sur la gauche, qui, à travers une prairie où l'on n'avait pas encore coupé le regain, menait à la rivière. J'ai de nouveau dételé la jument, je l'ai laissée brouter l'herbe tandis que ma mère et moi nous mangions du pain et du fromage parmi les provisions que j'avais pris soin d'emporter. Je lui ai demandé doucement :

— Alors ? Tu es contente ?

Elle m'a regardé bizarrement, comme si elle cherchait à comprendre pourquoi je l'avais emmenée là.

J'ai ajouté :

— J'ai emporté l'argent de mes étrennes.

Quand on n'aura plus rien à manger, j'achèterai ce qu'il faudra.

Un rideau de trembles nous protégeait des regards. La route se trouvait à trois cents mètres, là-bas, mais on ne l'apercevait pas.

J'ai dit, en me penchant vers ma mère :

— On va dormir ici, on sera bien.

Elle m'a observé pendant que j'attachais les rênes de la jument au tronc d'un peuplier, puis j'ai étendu sous la charrette les couvertures que j'avais emportées, et je me suis couché en disant :

— Viens ! Tu vas voir comme on est bien.

Elle a hésité quelques secondes puis elle m'a rejoint et s'est allongée près de moi. Je me suis blotti contre elle et j'ai appuyé ma tête sur son épaule. Je me suis dit que je n'oublierais jamais ce moment, puis j'ai pensé à Léonie, aux Combessou qui devaient me chercher, et je m'en suis voulu des soucis que je leur causais. Il ne faisait pas froid. La terre était encore chaude de l'été et l'herbe sentait bon. J'ai compris à la respiration régulière de ma mère qu'elle s'endormait, et je n'ai eu aucun mal à trouver le sommeil.

Le lendemain matin, je me suis réveillé avant elle. Il faisait jour depuis longtemps sans doute, car les rayons du soleil étaient déjà chauds. Je l'ai regardée dormir un instant, calme, détendue comme j'aimais la voir, puis j'ai passé un doigt sur sa joue plusieurs fois. Elle a ouvert brusquement les yeux, a souri aussitôt. J'ai pensé qu'elle était heureuse de se trouver là, dans ce pré inondé de lumière et sous un ciel d'un bleu très pur. Je l'ai conduite au bord de l'eau, qui était fraîche, pour y faire un brin de toilette, puis je lui ai donné du pain et du fromage, et ensuite nous sommes repartis.

Il devait être plus de neuf heures et les coqs se répondaient interminablement dans l'air qui résonnait de tous les échos de la campagne. La route a frôlé un village à flanc de colline, puis s'est engagée dans une vaste plaine où la lumière coulait à gros bouillons et nous cachait l'horizon. Comme il ne faisait pas trop chaud, la jument a pris le trot d'elle-même et l'a gardé pendant quelques centaines de mètres. Des hommes et des femmes travaillaient dans les champs. Ils se redressaient à notre approche, nous regardaient passer, puis ils se courbaient de nouveau vers une terre rouge et luisante. Au fur et à mesure que nous avancions dans le matin très doux, ma mère s'animait. Elle tournait la tête à droite et à gauche, découvrant avec plaisir ce nouveau paysage de fermes disséminées, de villages aux pierres couleur de paille, de chemins roux qui partaient de tous côtés et semblaient se perdre dans les champs.

A midi, nous avons fait halte dans un petit pré qui se trouvait derrière un lavoir à la sortie d'un hameau. Deux femmes et un homme ont traversé le pré, des outils sur l'épaule, mais ils ne nous ont pas posé de questions. Je me suis dit que plus le temps passerait, plus nous allions devoir éviter les villages. Tandis que je faisais provision d'eau au lavoir, une vieille est arrivée, poussant un charretou chargé de linge. Je suis revenu rapidement vers ma mère, et, comme la vieille ne cessait de regarder dans notre direction, j'ai décidé de repartir.

La route s'éloignait de la Dordogne qui s'en allait vers les collines, là-bas, sur notre gauche. La jument montait péniblement une petite côte qui menait en haut d'une butte couverte de pins. J'ai dit à ma mère :

— On va voir bientôt l'océan.

Mais je n'avais aucune idée de la distance que nous avions parcourue ni de celle qui nous restait à franchir. L'océan était encore très loin, mais je ne le savais pas. J'étais inquiet de ne plus apercevoir la Dordogne, alors que nous allions entrer dans des bois très épais.

Ils l'étaient heureusement un peu moins que je ne l'avais pensé et, dès que la route s'est remise à descendre, l'horizon s'est ouvert de nouveau sur des prairies où poussaient des peupliers aux feuilles d'un beau jaune citron. L'après-midi a passé très lentement, dans le silence troublé seulement par les sabots de la jument qui paraissait fatiguée. Nous aussi, nous l'étions. Quittant la route, j'ai pris un sentier qui nous a amenés au bord d'un ruisseau, derrière un champ de maïs. J'ai fait boire la

Toiloune puis je l'ai laissée brouter l'herbe du sentier herbu, entre le champ et l'eau. J'ai donné ensuite à manger à ma mère qui se demandait où elle se trouvait. Comme elle me semblait inquiète, je lui ai de nouveau parlé de l'océan, des montagnes que nous irions voir aussi, un jour, guettant dans ses yeux cette lueur qui montrerait qu'elle avait franchi le mur et qu'elle se sentait bien près de moi. Mais elle est demeurée lointaine et elle a fait comme si je n'étais pas là. Je lui ai pris les mains et je les ai serrées en disant :

— Sois patiente : on arrivera demain et ce sera plus beau que tout ce que tu as vu jusqu'à maintenant.

Elle a paru me reconnaître enfin, mais son regard était dur, si dur que je l'ai lâchée et que j'ai reculé. Alors elle s'est levée brusquement et elle est partie sur le sentier en direction de la route sans que j'aie le temps de l'en empêcher. J'ai couru derrière elle, je l'ai rattrapée et je lui ai pris le bras en suppliant :

— Il va faire nuit, ne t'en va pas.

Elle a retiré sa main et a continué de marcher comme si elle ne me connaissait pas.

— Arrête ! où veux-tu aller à pied ?

Je l'ai retenue de toutes mes forces, m'imaginant seul et perdu avec elle dans la nuit. Elle a insisté comme à son habitude, quand elle avait décidé quelque chose et suivait son idée. Elle a cherché à se dégager, mais je l'ai tirée vers l'arrière et elle a renoncé enfin, tout d'un coup. Comme elle ne bougeait pas, je lui ai dit doucement :

— Demain, on ira où tu voudras, mais ce soir c'est trop tard : la nuit va tomber. Viens avec moi !

Ses cils ont battu deux ou trois fois très vite et elle s'est laissé enfin entraîner vers la charrette sous laquelle, comme la veille, j'ai installé nos couvertures, puis je l'ai obligée à se coucher. Cette nuit-là, comme j'avais peur qu'elle s'enfuie et se perde, je n'ai pas pu dormir. Vers le matin, j'ai attaché la ceinture de sa robe à mon poignet, et j'ai pu enfin m'assoupir avant que le jour se lève.

13

Le lendemain matin, à mon grand soulagement, elle a semblé ne se souvenir de rien. Elle m'a paru gaie, même, dans la fraîche lumière du jour, et n'a montré aucune envie de repartir à pied, au contraire de la veille au soir. Je me suis dit qu'elle avait seulement eu peur à cause de la nuit et j'en ai été rassuré. En arrivant à la route, quand j'ai pris à droite, elle n'a pas tourné la tête vers l'autre côté et elle s'est intéressée tout de suite au paysage qui s'ouvrait devant nous.

La route, de nouveau, se rapprochait de la rivière qui scintillait, là-bas, derrière les arbres. Très vite, comme beaucoup de voitures nous croisaient ou nous dépassaient, j'ai compris que nous approchions d'une ville. J'ai d'abord voulu l'éviter, puis je me suis dit que l'on nous remarquerait beaucoup moins dans une ville que dans un village. Il n'y avait pas que des voitures, d'ailleurs, sur la route, mais également des charrettes chargées de légumes et de fruits. Ce devait être jour de marché. J'ai décidé d'y aller pour renouveler nos provisions.

En arrivant sur la grande place, j'ai eu peur de ne pas savoir manœuvrer à cause de la foule, mais la jument avait l'habitude des marchés de Jumillac. Elle s'est laissé conduire et attacher sans difficulté à l'un des grands ormes qui ceinturaient la place. Tenant ma mère par la main, je suis parti à la recherche d'une boulangerie où, sans avoir l'impression que les gens nous accordaient plus d'attention qu'aux paysans venus vendre leurs légumes, j'ai acheté une grosse tourte de pain. Ensuite, de l'autre côté d'un foirail où les bêtes étaient alignées derrière une corde tendue entre les arbres, j'ai également acheté du pâté et un saucisson. Enfin, revenant vers la place elle-même, des fromages blancs à une paysanne qui m'a fait penser à Maria. Ça m'a rappelé qu'il ne fallait pas trop nous attarder car on devait avoir lancé des recherches. Sans doute, même, Ambroise avait-il prévenu les gendarmes. En remontant sur la charrette, j'ai songé à la directrice de l'Assistance. Mon ventre s'est noué et je me suis hâté de partir, mettant la jument au trot dès la sortie de la ville.

J'apercevais maintenant la Dordogne sur notre gauche et les hameaux se succédaient le long de la grand-route toujours aussi encombrée par les voitures. Au premier pont que j'ai trouvé, j'ai traversé la rivière et j'ai engagé la charrette sur une route plus étroite où il y avait beaucoup moins de circulation. Elle suivait aussi la Dordogne mais s'en éloignait, de temps en temps, pour contourner de grosses propriétés endormies au milieu des champs de tabac. Puis elle a buté contre une colline sombre plantée de chênes et elle l'a contournée par la gauche, à la perpendiculaire de la rivière. Fallait-il s'éloigner de la Dordogne au risque de se perdre ou revenir vers la grand-route ? J'ai choisi la première solution en me promettant de me renseigner dès que je le pourrais.

La route grimpait à travers des bois d'un vert sombre qui nous cachaient l'horizon. Ma mère s'agitait. Tant qu'il y avait de l'animation autour d'elle, tout allait bien, mais elle se troublait dès que nous nous retrouvions seuls. Un peu plus loin, la route montait tellement que nous avons été obligés de descendre pour soulager la jument. Enfin nous sommes arrivés au sommet de la colline où j'ai aperçu un toit rouge entre les chênes. Il n'y avait aucun risque à se renseigner là. J'ai engagé la jument sur le sentier bordé de genêts qui menait dans une ferme où nous avons été accueillis par l'aboiement furieux de deux gros chiens. La Toiloune a pris peur et j'ai eu beaucoup de mal à tenir les rênes. Heureusement, un homme est sorti sur le seuil et a rappelé les chiens. Puis il s'est approché, un fouet à la main. Il était de petite taille, portait d'épaisses moustaches et un béret couvert de toiles d'araignées. Dès qu'il est arrivé près de nous, j'ai demandé :

— Est-ce que c'est loin, l'océan ?

Il a pris un air étonné, comme s'il ne comprenait pas. Je lui ai reposé la question, d'une voix un peu moins assurée. Il a fini par répondre :

— Pauvre ! T'es pas encore arrivé !

Puis, se rendant compte que c'était moi qui parlais et non la femme qui se trouvait à mes côtés, il m'a demandé :

— Elle est malade ?

— Oui. C'est pour ça qu'on va à l'océan, elle doit respirer du bon air.

— Ah bon ! a-t-il fait, rassuré.

Puis il a ajouté, après un instant de réflexion :

— Il te faut passer par Bergerac, alors. Après, ma foi, tu demanderas.

— Est-ce qu'on est bien sur la bonne route ?

— Il vaudrait mieux passer de l'autre côté de la Dordogne, tu arriverais plus vite.

— Je sais, mais je peux pas retourner maintenant, j'ai fait trop de chemin.

L'homme a soulevé son béret, s'est gratté le front en réfléchissant, et a repris :

— Tu peux continuer jusqu'à Combelle, mais là, tu devras tourner à droite.

— Et je reviendrai vers la rivière ?

— Oui, mais n'oublie pas de toujours prendre à main droite.

— Merci beaucoup.

Et je suis reparti le plus vite possible, pensant que j'étais déjà resté trop longtemps avec cet homme qui, s'il était interrogé par les gendarmes, ne nous oublierait sûrement pas. Malgré ses conseils, nous avons seulement retrouvé la Dordogne à la fin de la matinée, puis, tout au long de l'après-midi, en restant sur la rive gauche, nous avons traversé des hameaux qui semblaient avoir été désertés par les habitants. Le soir, nous avons fait halte dans une clairière, au milieu d'un petit bois. J'ai senti que ma mère avait aussi peur que moi. J'ai dû la retenir à plusieurs reprises, comme la veille, car elle voulait partir. J'ai réussi à la calmer en lui parlant tout bas, comme j'avais appris à le faire. Mais la nuit a été bien longue et je me suis juré de trouver à l'avenir un endroit moins désert pour passer la nuit.

Le lendemain matin, moins d'une heure après notre départ, j'ai dû changer de rive, car il n'y avait plus de route sur le côté gauche. Des panneaux indiquaient que nous allions bien dans la direction de Bergerac, la ville dont m'avait parlé l'homme au béret. Il y avait de plus en plus de monde sur les routes et sur les places, mais je préférais voir des gens que traverser des campagnes désertes comme la veille. Je m'efforçais seulement de ne pas m'attarder dans les villages, et, réconforté par l'attitude de ma mère qui semblait contente, elle aussi, d'avoir retrouvé de l'animation, j'ai continué d'avancer vers la grande ville que nous avons atteinte le lendemain dans l'après-midi. Plutôt que d'y entrer et de s'y perdre, j'ai réussi à la contourner par la gauche et à trouver les panneaux qui indiquaient la direction de Bordeaux. Une heure après, nous étions de nouveau sur une route qui longeait la Dordogne entre des trembles et des frênes.

Pendant un jour encore, j'ai fait rêver ma mère de l'océan et de l'homme qui nous attendait là-bas pour nous conduire au bout du monde. Elle ne me quittait pas des yeux tandis que je répétais, son souffle chaud contre ma joue :

— L'océan, c'est grand comme le ciel, et bleu, ou vert, quelquefois, quand le vent souffle sur les vagues. Il n'y a pas d'arbres sur les plages, mais seulement du sable fin. C'est là qu'il nous attend. Il n'a pas changé : tu le reconnaîtras tout de suite. Il est grand, il est brun, et ses yeux ont la couleur des nuits en été. Il te fera danser et tu oublieras tout : le chêne, les enfants sur les chemins, et les banquets des moissons. Je vous regarderai tourner. Tu danseras comme pendant la fête, mais lui il sera là, tu verras, tu verras...

À force de voyager sans être inquiété, j'ai fini par

oublier toute prudence. Deux jours après avoir dépassé Bergerac, un soir, je me suis arrêté près d'un lavoir à la sortie d'un petit bourg. Là, j'ai eu à peine le temps de dételer la jument que déjà les gendarmes arrivaient. En les apercevant, ma mère s'est enfuie et j'ai eu bien du mal à la rattraper. J'aurais pu continuer à courir avec elle, mais je n'ai pas voulu abandonner la jument. Ma mère tremblait tellement, paraissait si effrayée, qu'il s'est passé un long moment avant que je puisse la ramener vers les gendarmes. Je n'ai pas essayé de leur cacher qui nous étions, car ils possédaient un signalement précis de nous deux, et même de la jument. Je me suis contenté de répondre à leurs questions en tenant ma mère par le bras.

— Tu voulais aller à l'océan ? m'a demandé l'un des deux. Eh bien, tu n'étais pas près d'arriver, mon gars !

Ensuite, ils nous ont emmenés à la gendarmerie, qui était une vieille bâtisse aux murs crépis d'un jaune sale. Ils nous ont fait entrer dans une petite pièce où il y avait une table sur laquelle était posée une machine à écrire noire, et ma mère s'est remise à trembler follement. Quand l'un des gendarmes a refermé violemment la porte derrière nous, elle s'est échappée et s'est précipitée vers la fenêtre où elle s'est mise à frapper de ses poings nus les carreaux en hurlant. Il y a eu un grand bruit, puis elle s'est retournée, et j'ai vu ses bras et sa robe pleins de sang. Alors c'est moi qui ai crié et les gendarmes ont compris qu'il fallait nous faire sortir de cette pièce. Ils nous ont emmenés dans l'appartement d'à côté et nous ont confiés à une grosse femme à chignon qui a enroulé deux serviettes humides autour des mains de ma mère. Elle s'est un peu calmée quand les gendarmes ont disparu — j'ai compris ensuite qu'ils étaient allés chercher un médecin. Pendant ce temps, les serviettes sont devenues toutes rouges et il a fallu les changer. Il y avait du sang partout, sur la robe, sur la table, sur le plancher. La douleur passait dans les yeux de ma mère qui semblait me supplier de l'aider et je ne savais pas quoi faire. La femme commençait à s'affoler. Heureusement le médecin a fini par arriver et il a réussi à arrêter le sang et à nouer des pansements jusqu'au-dessus des poignets. Après, ma mère s'est remise à hurler quand les gendarmes sont revenus. Il m'a semblé que c'étaient les uniformes qui lui faisaient peur, et je me suis demandé si c'était à cause du passé. Mais je n'ai pas eu le temps d'y réfléchir, car ils m'ont reconduit dans la petite pièce où j'ai répondu à leurs questions sans rien cacher. Ensuite, ils m'ont ramené dans l'appartement où la grosse femme nous a donné à manger. C'était l'épouse de l'un des deux gendarmes. Elle était brave et ma mère avait confiance en elle : je l'ai compris quand elle a accepté de manger à la cuillère, comme un enfant à qui l'on tend de la nourriture. De temps en temps, elle regardait la robe que la femme lui avait prêtée, puis ses mains bandées. Son visage alors s'assombrissait, elle poussait un gémissement, puis elle levait les yeux sur moi et se calmait. Un peu plus tard, la femme nous a conduits dans une chambre où se trouvaient deux lits, un grand et un petit, puis elle nous a dit :

— Dormez bien ! Ça s'arrangera demain, vous verrez.

Au lieu de me coucher dans le petit lit, je me suis allongé près de ma mère parce que je savais qu'elle avait besoin de moi. Je l'ai veillée toute la nuit en me demandant ce qui avait bien pu l'effrayer de la sorte, tandis que sur son visage passaient encore des ombres de grande peur. Une fois, même, vers deux heures, elle a crié alors que je m'assoupissais, et la femme du gendarme est venue voir ce qu'il se passait. Puis elle est repartie et je me suis mis à parler à ma mère doucement pour la rassurer jusque dans son sommeil.

Le lendemain matin, nous avons déjeuné de café au lait et de tartines de beurre, puis l'un des gendarmes m'a questionné de nouveau dans la petite pièce où ils avaient essayé de faire disparaître la tache de sang, tandis que l'autre tapait avec deux doigts sur la machine à écrire. J'ai répondu les mêmes choses que la veille et ils en ont paru aussi étonnés. Tout ça a duré jusqu'à la fin de la matinée, puis une voiture s'est arrêtée dans la cour : c'était la traction d'Ambroise. Il en est descendu, accompagné de Célestin Combessou. Ils ont discuté un long moment avec les gendarmes dans la petite pièce, puis Ambroise a fait monter ma mère dans la voiture, tandis que Célestin me retenait en disant :

— On va ramener la charrette tous les deux ; comme ça, on aura le temps de parler.

J'ai été très étonné de ne pas recevoir de reproches et je suis resté sur mes gardes. Je m'en voulais d'avoir laissé partir ma mère avec la peur qui pouvait lui revenir, brusquement, et la faire crier, mais je m'en voulais surtout de n'avoir pas été capable de tenir ma promesse. Elle ne verrait jamais l'océan. Je savais que c'était grave, parce que je ne pourrais plus la faire rêver, alors que c'était le seul moyen de la rejoindre dans ces endroits mystérieux où elle se perdait si souvent. Mais comment l'expliquer à des grandes personnes ? Qui m'aurait compris ? Je me taisais, donc, tout comme Célestin qui tenait les rênes avec un air préoccupé, faisant trotter la jument sans la ménager.

Je sentais qu'il réfléchissait. J'avais peur, car je le connaissais peu, ayant surtout eu affaire à Louise, à Rose ou à Maria. À un moment, pourtant, tandis que nous longions un ruisseau près duquel j'avais fait une halte à l'aller, il m'a dit d'une voix douce :

— Tu sais, on a été obligés de prévenir la directrice de l'Assistance.

Tout mon corps s'est crispé. Il a dû le sentir, car il a ajouté, comme pour s'excuser :

— On a cru à un accident, tu comprends ? On savait pas.

Je ne reconnaissais pas l'homme sûr de lui qui donnait des ordres à toute la maisonnée. J'ai répondu, tout bas :

— C'est à cause de Luigi.

— Oui, je sais.

Célestin s'est éclairci la voix puis il a ajouté :

— Probable qu'Estève le gardera pas longtemps. Il faut pas t'en faire.

Mis en confiance par cette confidence et le ton employé par Célestin, j'ai demandé :

— Vous savez, vous, pourquoi elle a cassé les carreaux avec ses poings ?

Célestin a toussoté, fait claquer les rênes sur le dos de la jument qui s'était remise au pas, puis il a répondu :

— Non ! Je sais pas.

Mais sa voix n'était plus la même. Elle avait retrouvé sa dureté de Laulerie. Alors, j'ai demandé encore, tandis que nous sortions d'un village où des enfants jouaient sur la place avec des cerceaux :

— Et Maria, pourquoi pleure-t-elle chaque fois qu'elle me voit ?

J'ai regretté ma question à l'instant même où j'ai eu fini de la poser. J'ai senti que je venais de m'approcher d'un feu qui pouvait me brûler jusqu'aux os quand Célestin a tourné vers moi des yeux pleins de fièvre et m'a répondu :

— Il faut pas trop faire attention à Maria, parce qu'elle a beaucoup souffert pendant la guerre.

Je me suis bien gardé de poser d'autres questions et j'ai fait semblant d'observer, dans un champ voisin, un paysan qui labourait.

— C'est pour ça qu'il faut être raisonnable, a repris Célestin, et pas nous donner du souci, comme ça, à partir sans rien dire pour aller Dieu sait où.

J'ai répondu, certain qu'il pouvait me comprendre :

— À l'océan.

— Quelle idée ! a-t-il fait en haussant les épaules.

— C'était pour elle.

— Tu sais, ta mère, l'océan...

Ces mots m'ont fait mal et j'ai demandé avec rage à Célestin :

— Qu'est-ce que vous en savez, vous, de ce qu'elle veut ou de ce qu'elle ne veut pas ?

— Bon ! Bon ! N'en parlons plus, a-t-il fait, battant en retraite comme s'il avait peur de moi.

Nous n'avons plus parlé jusqu'à la halte du soir, chez des cousins de Maria, dans un village qui s'appelle, si je me souviens bien, Saint-Germain.

Durant les deux jours qu'a duré le voyage de retour, Célestin a repris la distance qui était la sienne à Laulerie. Je ne m'en suis pas préoccupé, ayant assez à faire pour trouver des réponses aux nombreuses questions qui trottaient dans ma tête : est-ce que ma mère avait cherché à revoir Luigi ? Est-ce qu'elle avait cessé d'avoir peur ? Est-ce que ses mains guérissaient ? Qu'avait voulu dire Célestin en me confiant que Maria avait beaucoup souffert pendant la guerre ? Est-ce que c'était à cause de ces Allemands que tout le monde au village appelait les boches ? Je me suis promis d'interroger Léonie à ce sujet à la première occasion, puis, au fur et à mesure que la charrette approchait de Saint-Martial, je me suis demandé si la directrice de l'Assistance n'allait pas, pour me punir, m'éloigner de ma mère. Je n'ai plus cessé d'y penser jusqu'à Laulerie, cherchant par avance où je pourrais trouver ce fusil qui était seul capable de nous sauver une deuxième fois.

À notre arrivée, pas le moindre reproche non plus de la part de Rose et de Maria. C'est Louise qui m'a expliqué ce qui s'était passé en mon absence : les vaines recherches, l'angoisse de ses parents et de Léonie, la visite de la directrice qu'Ambroise avait alertée et qui semblait très en colère. Elle l'était, effectivement. J'ai pu m'en rendre compte dès le lendemain matin, quand elle s'est enfermée avec moi dans la cuisine pour m'interroger pendant près d'une heure. Elle a voulu savoir ce que j'avais fait chaque jour, où nous avions dormi, comment nous avions mangé, et, bien évidemment, pourquoi je m'étais enfui. J'ai été bien obligé de lui parler de l'océan.

— Quel océan ? a-t-elle crié, et pour quoi faire ?

J'ai dû m'expliquer, raconter comment ma mère se rapprochait de moi quand elle entendait ce mot-là, combien elle semblait heureuse, alors, et je lui ai dit que j'étais sûr que mon vrai père nous attendait là-bas pour veiller sur nous.

L'attitude de la directrice a changé brusquement. Elle a paru touchée, mais, comme je refusais de lui promettre de ne pas recommencer, elle m'a menacé en disant :

— Si tu recommences, je serai obligée de te mettre à l'orphelinat.

J'ai eu l'impression de recevoir sur le dos une averse glacée et je n'ai pas pu ajouter un mot, ce qui a augmenté sa colère. Avant de partir, elle a discuté un long moment avec les Combessou, puis avec Léonie. Elle s'en est allée enfin, non sans me faire de nouvelles recommandations que je n'ai pas entendues. Deux choses me préoccupaient à présent : savoir si les mains de ma mère guérissaient et si elle s'était de nouveau enfuie vers Lavalade.

— Elle va mieux, m'a dit Léonie, dès que j'ai pu l'interroger. Quant à l'Italien, on dirait qu'elle a oublié.

Il m'a semblé que le soleil sortait brusquement des nuages. Je me suis juré alors que, s'il le fallait, malgré les menaces, j'emmènerais ma mère encore plus loin, de l'autre côté de la terre, et que cette fois personne ne nous retrouverait jamais.

14

Avant de reprendre l'école, nous avons ramassé les noix pendant des journées entières, sous la pluie que l'on avait espérée tout l'été. Malgré la compagnie de Louise — les grandes personnes, elles, avaient à faire ailleurs —, ce n'était pas agréable de patauger dans la boue de la noyeraie. Le soir, nous ne parvenions plus à nettoyer nos mains, au point que Louise pleurait en pensant à l'école qui approchait, aux beaux cahiers neufs qu'elle ne pourrait pas toucher sans les salir.

Il me semblait que, depuis ma fugue, le regard de Louise à mon égard avait changé. Elle était toujours mon amie, mais j'avais l'impression qu'elle avait un peu peur de moi. Jamais elle n'aurait été capable, elle, de partir ainsi sur les routes. Je crois qu'elle avait surtout peur des questions que je lui posais sur sa famille, sur la guerre, sur les larmes de Maria en ma présence. Elle devinait qu'il y avait derrière ces interrogations un terrible secret dont il valait mieux ne pas trop s'approcher. Je lui demandais chaque jour :

— Et Luigi, est-ce qu'il est parti de Lavalade ?

Elle se renseignait auprès de sa mère, me répondait :

— Non. Pas encore.

— Est-ce qu'il va partir bientôt ?

— Ma mère croit que oui.

— Quand ?

— Après les noix, sans doute : c'est un saisonnier.

Comme nous ne parvenions pas à venir à bout de la récolte, Rose et Maria sont venues nous aider dans la noyeraie. Les sacs se sont remplis plus vite alors, car lorsque nous restions seuls, Louise et moi, nous passions plus de temps à discuter qu'à travailler.

Un après-midi, comme Rose avait besoin de prendre des mesures sur Louise pour allonger son tablier, je suis resté dans le champ avec Maria. C'était la première fois que nous nous retrouvions, sans autre compagnie, tous les deux quelque part. Malgré sa bonté, j'avais peur de son regard grave et douloureux. A un moment, ce jour-là, tandis que je me redressais pour porter mon panier dans le sac, je me suis trouvé face à elle qui me regardait, immobile, avec une lueur bizarre dans les yeux. Comme j'avançais malgré tout, elle m'a arrêté d'un geste, puis elle a pris ma tête entre ses mains et m'a dévisagé un long moment, tandis que ses yeux brillaient. Après, elle m'a souri, mais ce sourire était si triste que j'ai reculé d'un pas, et elle n'a pas essayé de me retenir.

Ensuite, j'ai versé les noix dans un sac de jute en sentant encore sur mes joues la chaleur de ses mains et en me demandant pourquoi Maria m'attirait autant qu'elle me faisait peur. Quand je suis revenu vers le noyer, elle me regardait toujours avec ce même air de souffrance dans les yeux. Alors je me suis éloigné de quelques mètres, lui tournant volontairement le dos. Pour rien au monde je ne lui aurais posé les questions que j'avais posées à Célestin sur la charrette. Je ne savais pas pourquoi, mais il me semblait qu'elle aurait pu en mourir.

Il m'a été très difficile de reprendre l'école après de si longues vacances, car je sentais rôder des menaces dans la cour et sur le chemin. Mes ennemis les plus acharnés — les Jarétie — n'étaient plus que deux, l'aîné, Maurice, âgé de quatorze ans, travaillant désormais à la ferme. Restaient ses frères : Claude et Gabriel, plus leurs alliés qu'ils menaient comme ils voulaient, pour m'appeler « folourdou », me provoquer jusqu'à ce que je me défende. Pourtant, depuis que la nouvelle de ma fugue avait fait le tour de la contrée, ils me considéraient différemment, à l'exemple de Louise. Je les intriguais. Ils devinaient chez moi une force nouvelle dont ils se méfiaient quand ils étaient seuls. Ils ne m'attaquaient plus que lorsqu'ils étaient trois ou quatre, et plutôt sur le chemin de Laulerie que dans la cour de l'école. Louise, dans la tempête, se montrait courageuse : quand nos ennemis se dressaient derrière une haie en hurlant, elle n'essayait pas de s'enfuir, au contraire : elle se battait près de moi sans un mot mais de toute son énergie en se servant de ses ongles.

Quand l'orage était passé et que nous nous retrouvions à terre, essuyant nos lèvres et léchant le sang sur nos mains, je lui disais :

— Je ne veux pas que tu te battes. Il faut me laisser. J'ai l'habitude, je me débrouillerai.

Elle ne me répondait pas, me regardait d'un air farouche et haussait les épaules.

J'ajoutais avec méchanceté, pour la décourager :

— Ce n'est pas ta mère, tu n'as pas à la défendre.

— C'est pas elle que je défends, disait Louise, c'est toi.

Elle ne pleurait jamais, même lorsque le combat avait été rude. Sa présence de tous les instants me faisait du bien : je me sentais moins seul pour porter ce fardeau qui devenait de plus en plus lourd à mesure que les jours passaient. Nous nous aidions à rajuster nos vêtements, à effacer les traces de la bataille sur notre peau avant de rentrer à la ferme, unis par notre silence contre les grandes personnes qui ne partageaient pas nos secrets. Une fois à Laulerie, nous mangions de délicieuses frottes à l'ail, puis nous allions garder les vaches jusqu'à la nuit en emportant un livre ou un cahier. Comme le pré ne se trouvait pas loin de la ferme, nous ne risquions pas de tomber dans de nouvelles embuscades — d'ailleurs nous emmenions le chien.

Un soir, Léonie est venue me trouver pour m'annoncer que Luigi était parti. Il ne reviendrait que pour les gros travaux de printemps, et encore ce n'était pas sûr. Je me suis senti soulagé et, très vite, j'ai cessé de penser à lui. Deux jours plus tard, Félix, en revenant des champs, a surpris l'une de nos batailles dans un chemin et a mis en fuite nos assaillants. À Laulerie, Rose et Maria ont interrogé Louise qui a fini par avouer que nous nous battions presque tous les jours. Rose, furieuse, est allée trouver le maître d'école qui ne s'est pas fait faute d'intervenir, et les attaques ont cessé, au moins pour quelque temps.

Dans la vallée, les arbres ont changé de couleur, virant au cuivre et à l'or. Certains, déjà, perdaient leurs feuilles, qu'une main invisible venait cueillir puis laissait tomber vers la terre où elles semblaient ne jamais se poser. Maintenant, la nuit descendait plus tôt sur la vallée. Après le repas du soir, Louise et moi, nous faisions nos devoirs sur la toile cirée vite débarrassée des restes du souper. Ensuite, je regagnais la grange pour dormir dans la paille. Je m'y étais très bien habitué. Elle me rappelait celle des Terres blondes, et le fenil où je me réfugiais, parfois, pour penser à ma mère. Ainsi, chaque soir, je songeais à elle avant de m'enfoncer dans le sommeil avec une sensation de sécurité qui me faisait dormir jusqu'au petit jour sans le moindre rêve.

Tout allait bien, en somme, blotti que j'étais dans l'automne qui faisait jaillir de grandes flammes sur les arbres et courir sur les chemins des souffles tièdes où circulaient encore des odeurs de moût et de cuves pleines. Un jeudi, pourtant, en fin de matinée, tandis que je revenais de ramasser les pommes de terre, j'ai aperçu ma mère immobile, devant la cour de la ferme. Je me suis précipité vers elle et je lui ai demandé :

— Qu'est-ce qu'il y a ? Qu'est-ce que tu veux ?

Et, comme elle ne répondait pas, devant la lueur affolée de son regard :

— Où est Léonie ?

Elle a tourné la tête vers sa maison, puis, comme j'hésitais, m'a pris la main et a cherché à m'entraîner dans cette direction.

J'ai dit à Louise qui, à quelques pas de nous, se demandait ce qui se passait :

— Va prévenir ta mère !

Et je me suis élancé derrière la mienne qui se hâtait vers sa maison sans se retourner. Dès que je suis arrivé, j'ai aperçu Léonie qui était allongée devant l'unique marche de sa porte et gémissait :

— Ma jambe ! Ma jambe !

Elle s'était également blessée à la tête en tombant. Je me suis penché sur elle, mais je n'ai pas su quoi faire et je me suis redressé : ma mère nous regardait, la bouche entrouverte, entortillant l'extrémité de son tablier autour de son doigt avec la même lueur effrayée dans les yeux qu'à l'instant où elle était apparue dans la cour.

J'ai essayé de faire asseoir Léonie, mais elle a poussé un tel cri que je l'ai aidée à reprendre sa position couchée.

— Pauvre de moi ! Qu'est-ce qui m'est arrivé ? se plaignait-elle.

J'ai eu très peur, tout à coup, car je venais de penser que, si Léonie s'était blessée gravement, ma mère allait se retrouver seule. Qu'allait-elle devenir ? N'allait-on pas l'enfermer ? Les sirènes que je n'avais pas entendues depuis longtemps se sont remises à hurler dans ma tête. On allait me la prendre. Je devais la défendre.

Maria, Louise et Rose sont enfin arrivées et ont compris que la blessure de Léonie était grave. Rose est partie au village prévenir Ambroise, afin qu'il téléphone au médecin de Jumillac, et, tandis que Louise et Maria veillaient sur Léonie, j'ai couru jusqu'à Laulerie chercher la seule arme qui était capable de nous protéger, ma mère et moi : le fusil que Félix accrochait dans la grange au retour de la chasse. J'en connaissais la place exacte, derrière une poutre couverte de toiles d'araignées. Je n'ai eu aucun mal à m'en emparer, ainsi que de quelques cartouches, car Félix et Célestin étaient en train de manger dans la cuisine. Je suis reparti toujours en courant, et j'ai caché le fusil dans le fossé, derrière la maison de Léonie, pour que Maria ne m'aperçoive pas. Puis je suis venu m'asseoir près de ma mère et de Maria qui tamponnait le front de Léonie avec une serviette humide.

Ambroise, après avoir téléphoné au médecin, a ramené Rose en voiture. Puis Célestin est arrivé à son tour, et les deux hommes ont transporté Léonie dans la maison en s'efforçant de ne pas trop la faire souffrir. Un peu plus tard, dès qu'il a eu examiné Léonie, le médecin nous a dit que la jambe était cassée en deux endroits. Il l'a immobilisée en confectionnant une attelle, puis il a demandé à Ambroise de l'emmener tout de suite à l'hôpital, et Célestin les a suivis. La voiture est partie, Rose, Louise et Maria également, car il était plus de midi. Comme le repas était prêt dans la maison de Léonie, j'ai demandé à rester avec ma mère. Rose a accepté et m'a dit qu'elle reviendrait le plus vite possible.

Dès que je me suis retrouvé seul, je suis allé chercher le fusil dans le fossé et je l'ai caché sous le vaisselier, de même que les cartouches. Puis nous avons commencé à manger, ma mère et moi, et j'ai compris qu'elle se demandait ce qu'était devenue Léonie. Je lui ai dit :

— Elle reviendra, ne t'inquiète pas.

Le repas s'est achevé très vite : ni ma mère ni moi n'avions faim. Ce devait être aussi le cas pour Louise qui n'a pas tardé à revenir et a essuyé la vaisselle que ma mère lavait dans la souillarde. Soucieux de ce qui allait se passer, je lui ai demandé :

— Qu'est-ce qu'elles ont dit ?

Louise n'a pas voulu me répondre. Je l'ai prise par les bras et je l'ai forcée à me regarder.

— Qu'est-ce qu'elles veulent faire de ma mère ?

— Rose veut bien la prendre à Laulerie avec nous, mais Maria dit qu'elle ne pourra pas.

— Pourquoi ?

— Je sais pas. Elle dit qu'elle ne le supportera pas.

C'était ce que je redoutais le plus et j'ai senti que la vie, de nouveau, allait devenir folle. J'ai dit à Louise, qui paraissait très inquiète :

— Je resterai ici, avec ma mère.

— Ils ne te laisseront pas faire.

— Je me défendrai. J'ai un fusil. Tout le monde en a peur, même la directrice de l'Assistance. S'ils veulent encore nous séparer, je la tuerai et je me tuerai aussitôt après.

— Non ! a dit Louise, tu ne vas pas faire ça !

Elle s'est accrochée à moi avec une force qui m'a donné l'impression, pour la première fois de ma vie, d'être vraiment aimé de quelqu'un. Alors je lui ai dit :

— Il faut que tu m'aides.

— Oui, mais comment ?

— En me portant à manger, si je ne peux plus sortir.

Et, comme Louise hésitait, se demandant sans doute si tout ça n'allait pas mal se terminer :

— Promets-le-moi !

— Oui, m'a-t-elle dit, c'est promis.

— Maintenant, il faut nous laisser. Tu reviendras ce soir, si tu veux.

Louise ne bougeait pas et nous observait : moi, prêt à tout, et ma mère souriante, maintenant, de retrouver ma compagnie comme au temps des Terres blondes. Elle hésitait, Louise, car ma détermination lui faisait peur. J'ai fini par la convaincre qu'un vrai risque existait de nous voir séparés et que je ne le supporterais pas. Elle est partie enfin, s'est retournée plusieurs fois dans la cour, me faisant un petit signe de la main.

Une fois seul avec ma mère, j'ai verrouillé la porte et j'ai accroché les volets. Comme nous nous trouvions maintenant dans l'obscurité, je lui ai dit :

— N'aie pas peur, je suis là. Je ne te quitterai pas.

Je me suis assis en face de la porte, et elle est

venue près de moi, avec sa propre chaise. À ce seul geste, j'ai compris qu'elle avait toujours confiance en moi. Elle s'est penchée davantage, et je l'ai entendue respirer doucement. Elle guettait les bruits, elle aussi, comme si elle avait deviné la menace qui pesait sur nous. Nous étions seuls, comme avant, si près l'un de l'autre qu'il me semblait être revenu plusieurs mois en arrière. Alors je lui ai demandé doucement :

— Tu te souviens, le banc, devant la maison, aux Terres blondes ?

Mes yeux s'étant habitués à la pénombre, je l'ai vue battre des cils comme quand elle comprenait. Je me suis mis à lui parler, mais l'océan était loin, aujourd'hui, il n'existait même plus. Je ne pouvais que lui parler de mon père, celui qu'elle avait aimé et qui avait une raison grave pour ne pas revenir.

— Ce n'est pas de sa faute, il a été obligé de partir mais il ne nous a pas oubliés, tu verras.

Elle a approché ses lèvres de ma joue et les a maintenues un long moment contre ma peau. À cet instant, mon regard a rencontré l'acier froid du fusil sous le vaisselier. J'ai senti que, plutôt que d'être privé de la douceur de ces lèvres, je n'hésiterais pas à tirer sur celui qui tenterait de m'en éloigner.

15

La nuit était tombée quand Ambroise et Célestin se sont arrêtés devant la maison, à leur retour de l'hôpital. Lorsqu'ils m'ont demandé d'entrer pour me donner des nouvelles, j'ai refusé.

— Mais enfin ! s'est écrié Ambroise, tu es devenu fou ou quoi ?

— Dis-moi d'abord qui va garder ma mère.

— Est-ce que je sais, moi ? On en parlera avec la directrice.

J'ai compris qu'il lui avait téléphoné et il m'a semblé que nous étions perdus. J'ai demandé, refusant encore d'y croire :

— Tu l'as prévenue ?

Il y a eu un long silence derrière la porte, puis Ambroise a répondu :

— J'étais obligé : j'ai passé un accord avec elle ; ta mère ne peut pas rester seule, tu le sais bien.

— Elle n'est pas seule puisqu'elle est avec moi.

Ambroise a soupiré, puis il m'a dit :

— Écoute ! Léonie ne sortira pas avant un mois.

— Alors il faut que ma mère vienne habiter à Laulerie avec moi.

— Je vais en parler aux femmes, a dit Célestin qui était resté muet jusque-là ; mais il faut nous ouvrir maintenant.

— Non ! J'ouvrirai quand tout le monde sera d'accord, même la directrice.

— Tu n'es pas raisonnable, tu sais, a dit Ambroise, on dirait que tu fais exprès de nous causer des ennuis.

Je n'ai pas répondu. Ma mère, près de moi, écoutait, intriguée par ces voix qui lui étaient familières mais qui semblaient provenir de la nuit. J'ai entendu les deux hommes s'éloigner de quelques pas et discuter à voix basse, puis leurs pas se sont rapprochés de nouveau et Ambroise m'a demandé :

— Est-ce que tu as pour manger, au moins ?

— On a tout ce qu'il nous faut.

— Alors ne fais pas de bêtises et à demain.

Ils se sont éloignés une nouvelle fois, puis la traction a démarré et le silence, très vite, est retombé. Je me suis senti délivré d'un grand poids : j'avais gagné la première bataille. J'ai vérifié la fermeture de la porte, puis je suis allé chercher des provisions dans le garde-manger. J'y ai trouvé un peu de charcuterie, du fromage, des pots de confiture de prunes. Dans le tiroir profond de la table, une tourte de pain venait juste d'être entamée. Je n'avais besoin de rien d'autre, d'autant que la soupière, sur le trépied, contenait un peu de bouillon. J'ai dit à ma mère :

— Tu peux mettre la table.

Et, comme elle hésitait, cherchant Léonie du regard :

— Elle reviendra bientôt. En attendant, on va rester ensemble tous les deux. Il faut couper du pain dans la soupière et faire chauffer, tu le sais bien.

Elle m'a souri. J'ai eu l'impression que le fait de se retrouver seule avec moi avait réveillé en elle des souvenirs qui lui faisaient plaisir, malgré la pénombre qui régnait dans la cuisine — j'avais allumé la lampe, mais la lumière était très faible, car Léonie aimait l'obscurité.

Un peu plus tard, tandis que nous mangions, j'ai entendu du bruit dans la cour. C'était Louise et Rose qui venaient aux nouvelles.

— Tu pourrais nous ouvrir, à nous, tout de même, a dit Rose.

— J'ouvrirai quand tout le monde sera d'accord.

Elle n'a pas insisté, m'a demandé seulement si je n'avais besoin de rien, puis elles sont reparties dans la nuit, leur lampe à la main. Ma mère m'a regardé, tout étonnée, comme si elle ne comprenait pas que je n'ouvre pas la porte à ces voix amies. Je lui ai dit, la prenant par les épaules :

— On est tous les deux, tu n'es pas contente ?

Ses cils, de nouveau, ont battu très vite, et elle s'est approchée une nouvelle fois, jusqu'à me frôler. J'ai bien cru, ce soir-là, que le mur allait s'écrouler définitivement. Alors j'ai ajouté doucement :

— Ils veulent nous séparer, mais moi je ne veux pas te perdre, c'est pour ça que j'ai fermé la porte et les fenêtres, tu comprends ?

Je l'ai fait asseoir sur son lit qui se trouvait dans un recoin, au fond de la cuisine, Léonie utilisant la seule chambre de la maison. Puis je me suis assis à côté d'elle et je lui ai dit :

— S'ils veulent nous séparer, on se tuera tous les deux. Comme ça on partira ensemble.

Elle m'a observé un moment puis elle a souri. Je me suis demandé si elle m'avait vraiment compris. Il m'a semblé que oui, à la lueur chaude qui s'était allumée dans ses yeux, et cette confiance qu'elle avait en moi au point de me confier sa vie m'a fait cogner le cœur. Je l'ai aidée à se coucher, je me suis assis sur une chaise à côté d'elle et j'ai recommencé à lui parler : mon père, les montagnes, les robes, les colliers, toujours ces mêmes mots dont elle ne se lassait jamais et qui, au contraire, faisaient briller ses yeux. Quand elle s'est endormie, j'ai écouté un long moment sa respiration régulière, puis je suis revenu vers la cheminée et je me suis assis sur le banc de paille après avoir pris soin d'appuyer le fusil contre le mur, à portée de main. Les braises, à mes pieds, achevaient de s'éteindre, et avec elles s'éteignait aussi la peur qui était revenue au matin. Il ne fallait pas que je m'endorme. J'y ai réussi pendant plus de deux heures, mais bientôt le sommeil est tombé sur moi et m'a emporté très loin, sur des routes où grondaient de terribles orages.

Le chant des coqs m'a réveillé un peu avant l'aube. J'ai écouté : tout était calme aux alentours de la maison. Mais je m'en suis beaucoup voulu de m'être endormi et j'ai pensé que je devais me reposer la journée, quand il n'y avait pas de danger. J'ai rallumé le feu, trouvé du café, de la chicorée et du beurre rance dans le buffet. J'ai déjeuné puis, quand le jour s'est levé, j'ai réveillé ma mère qui a souri une nouvelle fois en m'apercevant. J'ai songé que la vie aurait pu être simple et heureuse si on nous laissait ainsi tous les deux dans cette maison. Pourquoi les choses étaient-elles si compliquées ? J'aurais très bien pu travailler dans les champs, ma mère aurait fait la cuisine, la lessive, et je me serais occupé d'elle. Mais non, j'allais devoir me battre encore et encore.

Louise est arrivée au tout début de la matinée en me disant joyeusement :

— J'ai du pain frais.

— Jure-moi que tu es seule.

Elle a été surprise de ma méfiance mais a juré, pourtant, comme je le lui demandais. Je lui ai dit :

— Entre, mais ne reste pas trop longtemps.

Elle a posé le pain sur la table, s'est approchée de ma mère, a murmuré quelques mots, puis elle s'est retournée et m'a demandé :

— C'est toi qui as pris le fusil de Félix ?

J'ai compris qu'elle n'était pas venue d'elle-même, que c'étaient ses parents qui l'avaient envoyée et je me suis senti trahi.

— Tu leur diras que c'est bien moi qui l'ai pris et surtout que je n'hésiterai pas à m'en servir. Maintenant, tu peux t'en aller.

Elle n'a pas cherché à nier et elle a eu du mal à retenir ses larmes : je ne lui avais jamais parlé aussi durement. Elle a essayé de se racheter en me promettant son aide, puis elle m'a demandé, se souvenant sans doute de ce que je lui avais dit plusieurs fois à l'idée qu'on pouvait m'éloigner de ma mère :

— Tu ne t'en serviras pas, au moins ?

Et, comme je ne répondais pas :

— Promets-le-moi !

Je l'ai poussée dehors et j'ai attendu qu'elle s'éloigne avant de refermer.

La matinée a passé sans que personne ne vienne. Ma mère a manifesté à plusieurs reprises l'envie de sortir, mais j'ai réussi à la retenir en lui racontant notre prochain voyage vers ces montagnes blanches où mon père nous attendait, comment il pensait à nous en écrivant de longues lettres qui n'arrivaient jamais, tellement c'était loin.

A midi, nous nous apprêtions à nous mettre à table quand le bruit d'un moteur m'a alerté. J'ai écouté un instant et j'ai reconnu celui de la quatre-chevaux de la directrice de l'Assistance. Je me suis emparé du fusil, j'ai vérifié qu'il était bien chargé, je me suis approché de la porte et j'ai entendu la voix d'Ambroise, puis une autre, haut perchée, que je connaissais bien et que je détestais. Les pas se sont arrêtés juste devant la porte.

— C'est Mme Breuil, « pitiou », a dit Ambroise, il faut lui ouvrir.

— Je veux d'abord savoir ce que vous allez faire de ma mère.

— Ce n'est pas à toi d'en décider, a dit la directrice.

J'ai senti mes jambes se mettre à trembler. J'ai compris que ce que je redoutais tant était arrivé et que le vrai combat commençait. J'ai dit avec le plus de fermeté possible :

— Je veux qu'elle vienne à Laulerie avec moi.

— Ils ne peuvent pas la prendre. Ouvre donc et nous trouverons une solution ensemble.

J'en ai voulu à Célestin, à Rose et à Maria car j'ai eu l'impression qu'ils nous abandonnaient.

— Pourquoi ils ne la veulent pas ?

— Écoute ! a répondu Ambroise, on vient de

chez les Combessou ; c'est pas qu'ils ne la veulent pas, c'est qu'ils ne peuvent pas la prendre ; déjà ils ont été bien bons de t'accueillir, toi.

J'ai compris qu'il n'y avait pas d'issue de ce côté-là, et j'ai demandé encore :

— Où ira-t-elle, alors ?

— On va la placer quelque temps, a dit la directrice d'une voix qui m'a glacé ; on en profitera pour la soigner, voir si on ne peut rien faire pour la guérir.

— A l'hôpital ?

— Je ne sais pas encore.

— Et quand Léonie reviendra, ma mère reviendra aussi ?

— Ça suffit ! a crié la directrice, si tu n'ouvres pas cette porte tout de suite, je vais chercher les gendarmes.

Les sirènes ont retenti une nouvelle fois dans ma tête, tandis que je criais à mon tour :

— J'ai un fusil, si vous ne partez pas tout de suite, je tire !

Il y a eu un grand silence de l'autre côté de la porte, puis des chuchotements.

— Où l'as-tu pris, ce fusil ? a demandé Ambroise.

— C'est celui de Félix.

J'ai entendu : « Vous croyez que c'est vrai ? », mais je n'ai pas compris la réponse d'Ambroise.

— Pour la dernière fois ouvre cette porte ! a menacé la directrice.

— Quand vous aurez juré de nous laisser ensemble.

— Tu seras bien forcé d'ouvrir aux gendarmes.

À ce mot, j'ai revu le sang sur les bras, sur la robe de ma mère et j'ai eu très peur. Ambroise a chuchoté quelque chose à l'adresse de la directrice, puis il a dit :

— Allez, « pitiou », ouvre, sinon ça va mal finir.

— Non ! Je veux savoir d'abord !

De nouveau le silence est revenu, et il s'est prolongé. Bientôt Ambroise et la directrice se sont éloignés. Je me suis retourné vers ma mère qui était restée près de moi tout le temps qu'avait duré la conversation et qui tremblait un peu, comme si elle avait vraiment senti quel danger on courait. Je lui ai dit :

— Viens ! N'aie pas peur.

Je l'ai entraînée vers le banc de la cheminée, je l'ai fait asseoir et lui ai parlé pour la rassurer. J'ai deviné qu'un gouffre venait de se creuser entre les grandes personnes et nous, sans doute définitivement. Le monde familier de la maison de Léonie m'a paru tout à coup chargé de menaces, lui aussi. Je me suis senti très mal, j'ai même eu envie de renoncer à ce combat qui m'apparaissait perdu d'avance à cause des gendarmes, mais le regard de ma mère m'a rendu des forces.

Vingt minutes ne s'étaient pas écoulées depuis le départ de la voiture que Rose est arrivée et m'a supplié de lui ouvrir. Puis ç'a été le tour de Célestin, et celui de Louise qui a pleuré un moment derrière la porte. Comme je refusais toujours d'ouvrir, elle s'est éloignée et je me suis alors aperçu que j'avais faim : il était plus de midi. J'ai coupé du pain que nous avons mangé avec de la confiture, car nous n'avions plus de soupe. Dehors, une petite pluie fine tombait sur les champs et les toits. Ma mère s'est allongée sur son lit, et j'ai repris mon poste de guet près de la porte.

Une partie de l'après-midi est passée ainsi, sans autre bruit que le murmure de la pluie et la respiration calme de ma mère qui s'était endormie. De temps en temps, des coqs se répondaient d'une basse-cour à l'autre, puis le silence retombait sur la vallée. J'étais plein de colère et de désespoir, mais j'étais bien décidé à nous défendre jusqu'au bout. Et le temps qui passait me montrait combien nous étions bien, tous les deux, et qu'il n'y avait pas d'autre vie possible que celle-là.

Vers cinq heures, deux voitures se sont arrêtées dans la cour.

J'ai dit à ma mère qui s'était levée :

— Recule-toi.

J'ai aperçu deux gendarmes et la directrice à travers la serrure, et j'ai serré le fusil contre moi.

— Pour la dernière fois, ouvre cette porte ! a ordonné la directrice.

— Non ! Vous allez nous séparer, je le sais.

— Allez, petit, ouvre ! a dit une voix qui devait être celle d'un gendarme.

Comme je ne répondais pas, cette même voix a ajouté :

— Alors c'est moi qui vais le faire.

Surtout parce que j'avais peur pour ma mère, j'ai crié :

— Non ! Ne bougez pas.

Mais j'ai entendu une clef s'engager dans la serrure, puis une deuxième, une autre encore. Mon cœur brûlait. Ma mère s'était approchée de moi et m'avait pris le bras. J'ai murmuré :

— Va sur ton lit et n'aie pas peur.

D'autres clefs se sont engagées dans la serrure, tandis que je répétais :

— Je vais tirer ! Je vais tirer !

Quand le pêne a cédé, il y a eu un moment d'hésitation de l'autre côté de la porte, puis elle a commencé à s'ouvrir. Je nous ai vus perdus. Alors j'ai épaulé le fusil et j'ai appuyé sur la détente en levant le canon vers le ciel. La détonation a couru jusqu'au bout de la vallée, tandis que, à moitié assommé par le choc de la crosse contre ma joue, j'ai reculé de quelques pas. J'ai eu le temps d'entendre courir dans la cour, puis, très vite, s'éloigner les voitures. J'ai refermé prestement la porte et fait tourner la clef. Quand je me suis retourné, le cœur fou, ma mère me regardait avec des yeux épouvantés. Je lui ai dit :

— C'est rien, c'est rien, ils sont partis.

Je me suis assis à côté d'elle, je lui ai pris la main pour qu'elle n'ait pas l'idée d'aller briser les vitres de la fenêtre. Elle tremblait autant que le jour où les gendarmes nous avaient arrêtés, mais je me suis dit que c'était à cause de la détonation. Dehors, c'était le silence, maintenant, et la nuit commençait à tomber, noyant déjà les prairies et les bois. Il m'a semblé qu'elle était près de nous ensevelir, ma mère et moi ; il suffisait que je tire, d'abord sur elle et ensuite sur moi. Tout s'arrêterait, la peur aussi. Mais à ce moment-là, de nouveau, elle m'a souri, et j'ai deviné dans ce sourire une envie de vivre qui m'a fait mal. Je lui ai dit :

— Si tu voulais, on serait réunis pour toujours, et on n'aurait plus jamais peur.

Mais je savais depuis le début que je n'aurais pas la force de tirer sur elle : il me suffisait de voir comment elle s'accrochait à moi et combien son regard me suppliait. Alors je me suis dit que nous pourrions être heureux ensemble un jour.

Le temps passait et nous ne bougions plus, serrés que nous étions l'un contre l'autre en guettant les bruits. Mais rien ne se manifestait près de la maison noire, et on n'entendait pas le moindre souffle de vent ni le moindre passage de sauvagine.

Retrouvant un peu d'espoir, je l'ai fait asseoir et je lui ai donné du pain et du fromage. Ensuite elle a débarrassé la table, a fait un peu de vaisselle, puis elle est revenue contre moi, me prenant le bras. Vers neuf heures, je l'ai conduite à son lit. Je suis resté un long moment près d'elle, jusqu'à ce qu'elle s'endorme, puis j'ai approché une chaise de la porte, et, le fusil posé sur mes genoux, j'ai attendu. Des heures se sont écoulées, interminables. Je luttais désespérément contre le sommeil, je marchais autour de la table, me rasseyais, me forçais à garder les yeux ouverts en songeant à ce qui nous attendait si je m'endormais. Je suis parvenu à rester éveillé jusqu'à trois heures, puis j'ai fini par m'assoupir. Je n'ai même pas entendu grincer le volet de la chambre de Léonie — celle où se trouvait le garde-manger — ni la porte que j'avais pourtant soigneusement fermée. Je n'ai pas davantage eu la force de me défendre quand les gendarmes m'ont immobilisé avant de m'emporter dans leur estafette. J'ai seulement eu le temps de jeter un regard vers ma mère qui, dans son lit, dormait paisiblement.

16

Dès mon entrée dans cet immeuble gris qu'on appelait l'orphelinat, j'ai compris que je ne pourrais pas y vivre longtemps. Privé d'espace, de prés, de champs, d'arbres, d'horizon, j'ai senti que mon corps se fermait comme ces fleurs qu'on oublie d'arroser, l'été, et qui se fanent en quelques heures avant de mourir. Jamais je n'avais vécu dans une grande ville, entre des murs clos. Quand j'ai pénétré dans le hall de ce bâtiment où, dès le premier instant, tout m'a paru vide et sans couleurs, j'ai senti ma respiration s'arrêter et j'ai cru que la nuit tombait pour toujours sur le monde.

Le directeur, à qui m'a présenté le brigadier, m'a fait pourtant bon accueil. Lui aussi m'a appelé « mon petit », m'a parlé de ma nouvelle vie et m'a expliqué que, si je me tenais bien, je pourrais être placé de nouveau dans une famille. Alors j'ai demandé, reprenant espoir :

— Chez les Combessou ?

— Pourquoi pas ?

Il venait de me rendre le soleil pour quelques minutes. Mais, dès que le surveillant m'a conduit dans le dortoir où étaient alignés des dizaines de lits et où la lumière du jour ne pénétrait qu'à peine, j'ai compris que j'avais vraiment tout perdu. Ensuite, il m'a montré les lavabos communs, les douches, m'a expliqué comment tout ça fonctionnait, quel était l'emploi du temps de la journée, qui serait mon éducateur, mais je ne l'entendais pas. J'étais reparti dans la vallée, près de Louise, de Bégu, de Rose, dans le chemin derrière les vaches qui broutaient les feuilles des branches basses, sur le banc des Terres blondes, la tête reposant sur les genoux de ma mère qui chantait doucement.

Dès le premier soir, après le réfectoire, en montant au dortoir, j'ai décidé de m'enfuir à la première occasion. Derrière la préposée à l'économat, qui, l'après-midi, m'avait pris mes vêtements et donné un pantalon gris, une chemise bleue et des souliers noirs, j'avais remarqué plusieurs portes qui m'avaient semblé proches de la rue par laquelle j'étais arrivé en compagnie des gendarmes. C'est à peine si, ce soir-là, j'ai eu le temps de faire connaissance avec les garçons qui se trouvaient là, mais j'en ai remarqué deux qui avaient la peau noire, pour la bonne raison que je n'en avais jamais vu.

Tandis que je cherchais à m'endormir passaient

devant mes yeux clos les images du monde dont on m'avait éloigné : la grande cuisine de Laulerie, la maison de Léonie, la grange où je dormais dans la bonne odeur de la paille et des vaches, et même l'école où je me battais depuis le premier jour. J'ai senti que, si je ne m'enfuyais pas, j'allais mourir. Dès que les lumières ont été éteintes, je me suis levé et, en m'habituant tant bien que mal à l'obscurité, je suis descendu au rez-de-chaussée. J'ai eu beaucoup de difficulté à retrouver l'agencement des lieux que je n'avais vus qu'une fois. Toutes les portes étaient fermées à clef. J'ai compris que tout était prévu pour empêcher les fugues, qui devaient être fréquentes. Je n'avais plus rien à espérer. Je suis remonté péniblement au dortoir en appelant tous ceux que je connaissais à mon secours et j'ai cherché jusqu'au matin la solution pour m'évader de cette prison mortelle.

Elle s'est présentée d'elle-même le lendemain, quand j'ai dû aller chercher à l'économat les vêtements qui me manquaient. Une livraison venait d'être effectuée, et la porte qui donnait sur la rue était ouverte. Je n'ai même pas eu à bousculer la préposée qui rangeait du linge sur une étagère. Je suis parti en courant sans provoquer le moindre cri, la moindre alerte, ce qui m'a beaucoup étonné. Je me suis promené un long moment dans les rues qui étaient jonchées de feuilles semblables à celles de la vallée. Je n'ai eu dès lors qu'une idée : partir à pied pour retrouver mon village. Il n'y avait pas grand monde dans les rues, car il commençait à faire froid. Pourtant, dans un square délimité par des platanes, j'ai demandé mon chemin à une vieille dame qui promenait son chien.

— Saint-Martial ? Mais où ça se trouve, ça ?

— À côté de Jumillac.

— Il te faut prendre la direction du Bugue, alors.

Puis elle m'a regardé avec un drôle d'air et je suis parti au hasard, jusqu'à ce que, enfin, je trouve des panneaux. À la sortie de cette grande ville — qui était Périgueux —, je suis passé sur un pont qui enjambait une rivière semblable à celle de Saint-Martial et je me suis demandé si ce n'était pas la même. Mais non, ce n'était pas la Vézère mais l'Isle : c'était indiqué sur le mur. J'ai suivi la route qui montait vers une colline dominée par de grands chênes où l'automne avait planté des fuseaux roux et, songeant que l'alerte avait dû être donnée depuis longtemps, j'ai couru pendant près d'un kilomètre sur le bas-côté, jusqu'à ce que la route se mette à redescendre.

Une fois dans l'étroite vallée verte qui s'étendait de chaque côté d'un ruisseau, je me suis senti mieux. Le paysage ressemblait à celui qui m'avait été enlevé : il y avait des vaches dans les prés, de grands chênes au bord de la route, des coteaux encore très feuillus et des champs labourés. J'avais presque oublié d'où je venais quand la voiture des gendarmes a surgi. Je me suis mis à courir le long d'un petit chemin qui montait, sur la droite, vers la colline, mais une petite route que je n'avais pas aperçue, plus loin, y menait elle aussi. Quand j'ai débouché du bois de chênes, un gendarme m'attendait. La voiture, elle, était un peu plus bas, dissimulée derrière des sapins.

Le directeur n'a pas paru surpris de ma fugue. Il en avait l'habitude, les gendarmes aussi. Il s'est contenté de me faire remarquer que ça ne servait à rien et qu'il valait mieux faire des efforts pour m'habituer. Le soir, au réfectoire, je n'ai rien pu manger. J'ai eu beau essayer, y mettre de la bonne volonté, je ne parvenais plus à avaler. Le lendemain matin, ç'a été pareil. Les garçons qui étaient assis à la même table que moi me parlaient, mais c'était comme si je ne les entendais pas. Je ne pouvais rien accepter de ce monde qui n'était pas le mien, et c'est sans doute parce que je l'ai si farouchement refusé que je m'en souviens si mal aujourd'hui.

Dans la journée, comme je n'avais rien mangé non plus au repas de midi, le directeur m'a fait venir de nouveau dans son bureau et m'a demandé :

— Pourquoi ne manges-tu pas ?

— Parce que je ne peux pas.

Il a sans doute cru que je me moquais de lui, car

il m'a examiné un long moment et m'a dit d'une voix froide :

— Tu sais, j'en ai maté de plus durs que toi.

Je n'ai pas répondu. J'étais loin de ce bureau, de cet homme qui avait les cheveux coupés très court, le visage long et fin, des yeux dont je ne me souviens même pas la couleur. Il m'a dit, agitant une règle de fer sous mon nez :

— Puisque tu es malade, je vais te mettre à l'infirmerie. On verra bien si tu n'y retrouves pas l'appétit.

Le surveillant m'a emmené dans une pièce proche de l'économat où se trouvaient un lit bas, une chaise, et une petite table. J'ai compris que cette infirmerie servait surtout à punir les enfants en les isolant des autres. Mais cette idée, au lieu de m'effrayer, au contraire, m'a rassuré : j'allais pouvoir m'enfuir par la pensée. Et dès que la porte s'est refermée, en effet, je me suis allongé et, fermant les yeux, j'ai revu les toits de Saint-Martial, le café d'Ambroise — qui avait vainement plaidé ma cause auprès de la directrice après le coup de fusil —, la boulangerie de Rosalie qui me donnait de si bons croissants, la boutique de la Miette dont les parfums me semblaient n'avoir jamais existé. La pièce où je me trouvais sentait l'eau de Javel, l'éther, la moisissure, le bois humide. Moi, je rêvais de l'odeur de la paille que je portais sur moi en arrivant mais qui s'était envolée dès que j'avais changé de vêtements après la première douche ; à celle du blé battu sur les aires brûlantes, à celle de la cire aux Terres blondes, de la chicorée que je buvais mélangée à du lait, à Laulerie, et qui avait un délicieux goût de noisette. Je rêvais aussi à ma mère et c'était pour elle, surtout, que j'avais peur, beaucoup plus que pour moi qui m'étais absenté de ce monde dans lequel je ne reconnaissais rien de ce que j'aimais. Je lui parlais dans ma tête, lui disais de m'attendre, de ne pas s'en faire, que Léonie finirait bien par sortir de l'hôpital et moi de cet orphelinat.

Le soir, on m'a porté à manger, mais je n'ai pas touché à la nourriture. Ce n'était pas difficile : je ne sentais pas la faim. Le surveillant qui est venu chercher mon assiette m'a dit :

— Tu sais, ce n'est pas la bonne solution, on ne te veut pas de mal ici.

Puis il est sorti et je ne l'ai revu que le lendemain après-midi, avec le directeur.

— Voyons, mon petit, il faut manger, m'a dit celui-ci.

Et, comme je ne répondais pas :

— Assieds-toi !

Le surveillant m'y a aidé, puis, comme je ne bougeais toujours pas, m'a mis une cuillerée de lentilles dans la bouche. J'ai eu beau me forcer, je ne suis pas parvenu à mâcher. C'était comme si j'avais tout oublié des gestes les plus simples. Le directeur a dû penser que j'étais sincère, puisqu'il m'a fait sortir de l'infirmerie et m'a rendu à la vie ordinaire de l'orphelinat. Pas très longtemps, pourtant, car deux jours plus tard, comme je ne mangeais toujours rien, j'ai dû me coucher pour de bon. Le directeur est revenu me voir avec un médecin de la ville qui m'a interrogé longuement et a tenté de me faire manger lui-même, mais sans y réussir. Puis, vers le soir, ç'a été le tour de la directrice de l'Assistance.

— Il faut manger ! m'a-t-elle dit en arrivant, je n'ai pas l'intention de céder à ton chantage.

Et, tandis que je la regardais sans la voir, elle a ajouté d'une voix plus douce :

— Le maire a bien voulu s'occuper de ta mère en attendant que Léonie revienne. Tu vois ? Tu n'as pas à t'inquiéter : elle n'est pas dans un hôpital.

Je ne m'inquiétais plus. J'étais si faible que je me souvenais à peine de ce qui avait existé avant mon arrivée dans ces lieux sans couleurs. Deux jours ont passé encore, entrecoupés de visites et de paroles qui me parvenaient de loin, à travers un brouillard glacé. J'ai senti qu'on me faisait des piqûres, j'ai entendu vaguement des voix. J'étais bien, loin du monde des adultes, perdu dans des rêves bizarres, mais au fond desquels je rencontrais le plus souvent ma mère, toujours sur ce même banc des Terres blondes, dans le parfum du chèvrefeuille et la paix de l'été. Combien de temps cela a-t-il duré ? Je ne l'ai jamais su exactement, et quand je me suis réveillé, dans un lit d'hôpital, la directrice était devant moi. Je ne lui avais jamais vu cet air si aimable, au moment où elle m'a dit d'une voix douce :

— Tu vas revenir à Laulerie, est-ce que tu es content ?

Si j'étais content ! Il m'a semblé que le soleil entrait brusquement dans cette chambre trop blanche, et qui sentait l'éther.

— Mais il faut me promettre de ne jamais plus toucher un fusil, a-t-elle ajouté.

J'aurais promis tout ce qu'elle voulait, sachant bien qu'elle ne pourrait jamais me remettre à l'orphelinat : elle avait trop peur de moi désormais.

— Tu vas rester ici encore deux ou trois jours, et puis je te ramènerai là-bas.

J'ai demandé, me souvenant brusquement du passé :

— Et ma mère ?

— Elle est chez Ambroise et s'y trouve très bien.

— Et Léonie ?

— Elle rentrera bientôt.

Puis la directrice a ajouté :

— On ne parle plus de tout ça. Il faut manger, maintenant.

Je ne la reconnaissais plus. Je crois qu'elle avait eu peur de me voir mourir et d'en être jugée responsable. D'ailleurs, elle est revenue deux fois au cours des trois jours interminables que j'ai encore passés à l'hôpital. Sont venus aussi le directeur et l'éducateur qui m'ont paru soulagés de me trouver assis dans mon lit. Le jour du départ, j'ai remis mes vêtements de Laulerie avec des frissons de plaisir : ils n'avaient pas tout à fait perdu leur odeur. Enfin j'ai retrouvé la route que j'avais suivie, à pied, lors de ma fugue, les collines couleur de rouille et d'or, les grands bois de châtaigniers, les villages, les hameaux qui m'ont fait battre le cœur comme à la redécouverte d'un bonheur perdu.

17

À Laulerie, dès mon arrivée, Rose m'a proposé du pain et de la confiture. J'ai refusé, car je ne voulais pas que la directrice croie que j'avais fait semblant de ne pas pouvoir manger à l'orphelinat. Dès qu'elle a été partie, pourtant, je n'ai eu aucun mal à avaler une petite tranche de pain couverte de groseilles. Puis, bien qu'encore très faible, je suis parti vers le village en compagnie de Louise pour retrouver ma mère. Louise m'a raconté le long du chemin ce qui s'était passé en mon absence : ses parents s'étaient disputés à mon sujet, car les femmes avaient pris ma défense, tandis que Célestin ne me trouvait aucune excuse à avoir tiré un coup de fusil qui aurait pu tuer quelqu'un. Quand la directrice était revenue le lui proposer, il n'était pas du tout décidé à me reprendre. C'est Maria qui avait insisté, et cela ne m'étonnait pas. Malgré son refus — ou peut-être à cause de son refus — d'accueillir ma mère, j'avais toujours senti chez cette femme quelque chose d'inexplicable qui l'inclinait vers moi. Mais comment aurais-je pu deviner, alors, ce que je n'ai appris que plus tard et qui m'a décidé à écrire ce livre ?

Ma mère ne se trouvait pas dans la salle du café. Elle faisait un peu de couture avec Pascaline dans la cuisine. Quand je suis arrivé, elle a levé la tête vers moi, m'a souri, est venue me prendre le bras. J'ai compris qu'elle avait envie que je la ramène dans la maison de Léonie, mais je savais que ce n'était pas possible encore.

— Va quand même la promener un peu, m'a dit Ambroise, ça lui fera du bien.

Louise restant avec Pascaline, je suis parti sur le chemin de la rivière dont les hautes eaux jetaient vers le ciel des éclats de fer-blanc. Il ne pleuvait pas, cet après-midi-là, mais le vent arrachait les dernières feuilles des arbres, ce qui semblait beaucoup amuser ma mère. Elle les suivait du regard, souriait, puis elle se tournait vers moi comme pour me prendre à témoin de cette lente voltige qui permettait d'en détailler les couleurs. A un moment, je l'ai retenue par le bras et je lui ai dit :

— Tu vois, je suis là, je suis revenu. Tu n'as pas cru que j'étais parti pour toujours ?

Je m'étais arrêté, la forçant à me regarder.

— Je suis allé le chercher, tu sais. Je ne l'ai pas trouvé, mais je sais où il est. Tu entends ?

Et, comme elle me dévisageait avec attention, j'ai répété :

— Tu entends ?

Puis, sans réfléchir à ce que je disais :

— Je l'ai vu. Il m'a dit qu'il était en train de construire notre maison sur la montagne et que, dès qu'il aurait fini, il viendrait nous chercher.

Ses cils se sont mis à battre, puis ses yeux se sont emplis de larmes et j'ai eu peur. Alors j'ai dit :

— Viens ! Viens !

Je l'ai entraînée dans la cour de la maison de Léonie. Elle en a paru effrayée et j'ai compris qu'elle se souvenait des heures pendant lesquelles j'y étais resté enfermé avec elle, jusqu'au coup de fusil. Que s'était-il passé, après que les gendarmes m'avaient emmené ? Je ne le savais pas, mais j'ai essayé de ne plus y penser, puisque tout s'était arrangé.

Elle m'a suivi jusque dans la grange — qui était vide, les bêtes de Léonie étant soignées à Laulerie en son absence. Je l'ai fait asseoir sur la paille et je lui ai dit :

— Léonie va revenir. Tu continueras à habiter avec elle jusqu'à ce qu'il vienne nous chercher.

Elle m'a pris le bras, s'est serrée contre moi, dans la bonne odeur du foin et de la paille. J'avais retrouvé tout ce que j'aimais, tout ce qui était indispensable à ma vie. C'était peu de chose, sans doute, mais c'était le monde que je connaissais depuis ma naissance, et ma mère était là près de moi, comme avant. Alors je lui ai demandé :

— Tu es bien, chez Pascaline ?

Ses cils ont battu et j'ai compris qu'elle n'était pas malheureuse dans le village où, pourtant, la tentation de s'enfuir pour rejoindre ceux qu'elle avait perdus devait être grande.

Les jours qui ont suivi ont été autant de retrouvailles heureuses. À l'école, le maître m'a pris à part et m'a parlé avec des mots qui n'étaient pas habituels dans sa bouche. Il m'a semblé qu'il avait envie de m'aider. Les autres enfants ont gardé pendant quelques jours un peu de distance, comme s'ils avaient peur de moi, puis tout est redevenu très vite comme avant.

Léonie, elle, est rentrée deux semaines avant Noël. Elle marchait avec des béquilles, mais elle marchait et c'était déjà bien. Je faisais ses courses au village, chaque soir. À Laulerie, on gavait les canards et les oies. C'était le travail de Rose et de Maria. Je les aidais de mon mieux en remplissant les entonnoirs de maïs et en maintenant prisonnières les pauvres bêtes qui roulaient des yeux effrayés.

Le matin, nous partions à l'école, Louise et moi, dans les chemins blancs des grands gels d'hiver. Le froid était arrivé pour de bon, mais je ne le craignais pas, au contraire : les feux allumés dans les cheminées de Léonie et des Combessou me réchauffaient le corps et le cœur. Aussi bien je garde de ce Noël-là un souvenir merveilleux. Ma peur s'était enfuie, les embuscades avaient cessé sur les chemins, Léonie était guérie et ma mère semblait heureuse. Je ne me souvenais même plus de l'orphelinat, comme si ma mémoire s'était fermée d'elle-même à ce que je n'avais jamais pu accepter.

Le soir, j'allais souvent souper chez Léonie avec Louise. Avant, on jouait aux dames ou aux dominos. Après la vaisselle, Léonie et ma mère nous raccompagnaient dans la nuit glacée, une lampe à la main. Louise disait que ce serait le plus beau des Noëls. Je la croyais volontiers et je l'attendais avec impatience. Le 24 au soir, Maria et Rose ont invité Léonie et ma mère pour veiller, avant d'aller à la messe de minuit. À cette occasion, nous avons goûté les confits de canards qui avaient été sacrifiés un peu avant les fêtes, mais aussi le foie gras que Maria savait préparer comme personne en le faisant cuire dans la cendre. Célestin avait tout oublié de ce qui s'était passé. J'ai eu l'impression d'être vraiment entré dans une famille quand Maria m'a offert un couteau à plusieurs lames, avec une croix rouge sur l'émail blanc. Louise, elle, a reçu un fichu et un manteau neufs. Ensuite, nous sommes partis pour la messe, car déjà les cloches appelaient. J'ai donné la main à ma mère qui levait la tête vers les étoiles et trébuchait sur les pierres du chemin de rive. Une lune de sucre sortait de temps en temps des nuages. Léonie marchait près de nous, Rose et Louise devant, avec la lampe tempête. La terre gelée craquait sous mes souliers. J'ai eu l'impression qu'une nouvelle vie commençait, que plus rien ne nous menacerait jamais.

J'allais peu à l'église, contrairement à Louise qui devait faire sa communion au cours de l'année qui venait. Gustave avait trouvé inutile de m'inscrire au catéchisme, car, selon lui, c'était du temps perdu. Je connaissais donc mal les rites, mais j'aimais la lumière des lustres et les chants, cette sorte de chaleur qui émanait des gens rassemblés sous cette haute voûte jaune et bleu pastel. C'était la douceur après la violence, c'était aussi la confiance dans des lendemains sans soucis. Ma mère devait ressentir la même chose que moi, car elle ne cessait de sourire, le regard aimanté par l'or du retable et les couleurs chaudes des vitraux. Elle fredonnait aussi, suivant les chants avec un peu de retard, mais d'une voix très douce, comme sur le banc des Terres blondes.

Au retour, tellement je me sentais bien, il m'a semblé que les lustres de l'église brillaient au loin dans la nuit. Je marchais entre ma mère et Léonie. On entendait la rivière murmurer sur notre gauche et elle jetait par moments de brefs éclairs qui couraient sur l'eau puis trouaient l'ombre des rives. Juste avant notre arrivée à Laulerie, quelques flocons de neige ont tourbillonné dans l'air cassant comme du verre. Derrière les carreaux de la cuisine, je les ai regardés tomber avec Louise un long moment avant d'aller me coucher. La grange était tiède de la bonne chaleur des vaches. Je me suis enfoui dans la paille en rêvant, pour la première fois depuis très longtemps, que ma mère parlait.

Au début de janvier, Bégu est venu tuer le cochon puis il a aidé toute la journée les femmes à préparer les rillettes, les saucisses, les boudins et les rôtis. Le soir, il y a eu une grande fête à Laulerie où sont venus Ambroise et sa femme, les Estève et les Condamine. Puis, tout au long de ce mois qui a été très froid, les veillées nous ont conduits chez les uns et chez les autres. Là, on égrenait le maïs en écoutant parler les vieux de l'ancien temps, des fées et des « lébérous » qui hantaient les campagnes autrefois. Ailleurs, on pelait les châtaignes ou on écalait les noix. Il y avait du vin chaud et, à l'approche de la Chandeleur, des crêpes, des gâteaux de maïs qu'on appelait des cajasses et qui me laissaient dans la bouche un goût que je n'ai jamais pu oublier.

Même Léonie tenait sa veillée. Je ne l'aurais manquée pour rien au monde, de même que Louise et Rose. Elle y invitait les Combessou, bien sûr, mais aussi Ambroise et Pascaline, le père et la mère Estève de Lavalade, Louisou et Rosalie. Elle commençait à faire les crêpes au début de l'après-midi et ma mère l'aidait en tournant la pâte dans un grand saladier. Chez elle, comme il n'y avait pas de travail, les hommes jouaient aux cartes sur la table et les femmes discutaient autour du feu. Je restais avec les hommes en essayant de percer les secrets du jeu de « bourre », ne perdant pas un mot des conversations qui roulaient sur les gens du pays.

C'est l'un de ces soirs-là, je crois, qu'on a parlé pour la première fois des Allemands devant moi. C'était au sujet de Baptiste Garissou qui venait de mourir.

— C'est qu'il avait souffert, là-bas, a dit Ambroise, et il n'était pas épais quand il est revenu.

— Pardi ! a fait Louisou, il aurait peut-être mieux valu qu'ils le fusillent au lieu de le déporter.

Il m'a semblé que les hommes parlaient bas pour que les femmes n'entendent pas.

— En tout cas, a dit Estève, on peut dire qu'il en a fait du travail par chez nous. Les bois n'étaient pas assez grands pour cacher tous ces jeunes qui avaient pris le maquis avec lui. C'est que c'était un rude, le Baptiste. Et quand les boches sont remontés, en 44, il leur a mené la vie dure.

— Si dure, a repris Célestin, qu'ils ne nous ont pas fait de cadeau. Il aurait peut-être mieux fait de rester tranquille au lieu de les canarder au coin des bois.

Il y a eu un long silence. Les femmes s'étaient

tues. Elles avaient tourné la tête vers nous. J'ai senti qu'on était aux lisières d'un de ces secrets que les gens d'ici sont capables d'emporter dans la tombe.

— Sans doute, a repris Estève, mais si on n'avait pas pris nous-mêmes les fusils contre les boches, ils seraient encore là à nous donner des ordres pour travailler une terre qui nous appartient.

— Bon, bon, a fait Ambroise dans l'espoir d'arrêter une conversation qui risquait d'aller trop loin.

Mais il n'a pas pu empêcher Célestin d'ajouter :

— Et tous ceux qu'on a retrouvés fusillés sur les routes ou sur les places, tu y penses ?

Estève n'a pas répondu, mais il a frappé brusquement d'une main sur la table et a lancé :

— Nous autres on s'en retourne ! Allez, viens, Flavie !

Celle-ci a protesté pour la forme, mais elle a dû suivre son mari que Léonie tentait vainement de retenir. Quand ils ont été partis, comme le silence durait, je me suis aperçu que Maria pleurait. Ma mère semblait troublée aussi. Elle regardait les uns et les autres avec cet air effrayé qui l'avait pourtant quittée pendant les derniers mois. Léonie a bien essayé de relancer la conversation, mais, malgré les efforts des uns et des autres, la soirée ne s'est pas terminée aussi bien qu'elle avait commencé.

Les jours suivants, j'ai interrogé Léonie sur ce qui avait provoqué la dispute entre Combessou et Estève, mais elle m'a dit simplement :

— Tu sais, pendant les guerres, il se passe des choses pas bien belles. Alors, de toute façon, toutes les familles en souffrent.

Un soir, comme notre instituteur nous avait fait une leçon sur la guerre de 40, je suis resté après la classe pour lui poser des questions. Il en a été très étonné et même, m'a-t-il semblé, un peu gêné pour me répondre. Il m'a confirmé que les maquis avaient attaqué les Allemands sur les routes du Périgord, et qu'il y avait eu des représailles. Mais les conséquences avaient été bien moins graves qu'à Oradour-sur-Glane ou à Tulle, en Corrèze, où les Allemands avaient pendu des otages.

Je n'ai pas réussi à en apprendre davantage, mais je me suis bien juré de découvrir un jour la vérité sur ce qui s'était passé au village, et qui semblait si terrible que même mon instituteur se refusait à en parler. Heureusement, cet hiver-là, la chaleur des veillées qui ont continué à nous rassembler régulièrement m'a aidé à oublier l'incident, et j'ai pu profiter pleinement de la présence de ceux qui étaient devenus — j'espérais pour toujours — ma famille.

18

Ce mois de février-là, le froid a fait craquer les charpentes de châtaignier et il y a eu de la neige. Les hommes, à Laulerie, en ont profité pour couper du bois, redresser les clôtures et fabriquer des paniers avec des tiges d'aubier coupées au bord de la rivière. Les jours avaient recommencé à grandir depuis la Sainte-Luce, mais il faisait encore nuit quand nous partions à l'école, le matin, Louise et moi. Le soir, quelquefois, je suivais Félix qui allait chasser les sarcelles et les poules d'eau au bord de la rivière, ou poser des gluaux sur les branches basses des arbres. À notre retour, je n'avais guère de temps pour faire mes devoirs avant de manger, mais j'apprenais mes leçons à la lueur de la lampe tempête, dans la grange, avant de m'endormir.

Vers la fin du mois s'est produit un événement qui m'a fait oublier pour quelques jours mes recherches et m'a donné d'autres soucis que tenter de percer les secrets de la guerre. Un matin, tout au long du chemin, Louise n'a pas cessé de pleurer. Comme je m'en inquiétais, elle m'a dit qu'elle était malade, mais j'ai compris qu'il s'était passé quelque chose de grave dont elle ne pouvait pas parler. J'ai eu beau insister, elle n'a rien voulu me dire, et, au retour, à midi, elle s'est plaint de la tête et du ventre. Elle n'a pas pu manger, ce jour-là, et elle s'est couchée. Je suis donc reparti à l'école tout seul, longeant la rivière pour y découvrir les nichées des canards sauvages, qui, à cette époque, s'abritaient sur les rives. Le soir, quand je suis revenu, il m'a semblé que je ne reconnaissais personne à Laulerie. Tous parlaient à voix basse d'un air très inquiet et, quand j'ai demandé des nouvelles de Louise, Rose m'a dit :

— Le médecin est venu. Il a peur qu'elle ait la poliomyélite. Il ne faut pas aller la voir, tu pourrais l'attraper.

Je n'avais jamais entendu parler de cette maladie, mais Rose prononçait le mot avec une telle frayeur dans le regard que j'en ai été très impressionné. J'ai demandé :

— C'est donc si grave ?

— Ses jambes se paralysent.

Un sanglot a soulevé la voix de Rose, pourtant d'ordinaire si gaie. J'ai compris que Louise courait un grand danger quand on m'a empêché d'aller à l'école, le lendemain, et qu'on m'a obligé à boire de l'eau bouillie. Mais je n'avais pas du tout envie d'abandonner Louise, et j'ai trouvé très vite l'occasion d'aller la voir dans sa chambre, quand Maria et Rose sont parties au village pour livrer le lait. Je n'y étais entré qu'une ou deux fois, car nous avions l'habitude de jouer dehors ou dans la grange, comme le font les enfants de la campagne qui aiment vivre en liberté. Quand j'ai poussé la porte, Louise avait les yeux clos. En m'approchant, elle m'a paru très pâle, mais dès que je lui ai touché le bras, elle a ouvert les yeux. Elle m'a semblé alors si effrayée que je lui ai dit :

— N'aie pas peur. Je suis sûr que tu vas guérir.

Elle a grimacé un sourire et m'a dit une chose bizarre :

— Je ne suis pas malade.

— Mais... Tes jambes ?

— Je ne suis pas malade, a-t-elle répété.

J'ai cru qu'elle avait de la fièvre, mais non, elle ne tremblait pas. Alors j'ai demandé en essayant de lui prendre la main :

— Qu'est-ce que tu as ?

Elle s'est tournée légèrement de côté, fuyant mon regard.

— Je ne peux pas te le dire.

Comme elle restait silencieuse, je lui ai dit, en confidence, espérant la ramener vers moi :

— Tu sais, ils ne veulent pas que je vienne te voir.

— Je ne suis pas malade, a-t-elle répété.

— Alors, lève-toi.

— Je ne veux pas.

— Tu ne veux pas ou tu ne peux pas ?

— Je ne veux pas.

— Et pourquoi ?

— Parce que j'ai trop mal.

— Mais où as-tu mal puisque tu n'es pas malade ?

Louise s'est tournée enfin vers moi et a murmuré :

— Au cœur.

J'ai essayé d'en savoir davantage pendant plus de dix minutes, puis j'ai entendu brusquement la charrette dans la cour et je suis revenu dans la cuisine. Rose et Maria ne m'ont pas parlé de toute la matinée. J'ai hésité à leur confier ce que m'avait dit Louise, mais ç'aurait été avouer que je leur avais désobéi. Occupé à écorcer des tiges d'aubier avec un couteau, je me suis demandé si la maladie n'avait pas rendu Louise folle. Pourtant elle m'avait semblé calme et sûre d'elle. La visite de M. Madelmont, le vieux médecin de Jumillac, n'a fait qu'augmenter mon inquiétude quand il a déclaré, en sortant de la chambre :

— Le vaccin existe aux États-Unis et il commence à arriver chez nous. Je vais essayer d'en faire venir un de Paris pour le petit.

Et, s'adressant à moi, il prit un air grave :

— Surtout ne va pas la voir et ne mets pas les pieds à l'école avant que je te le dise.

C'était un vieil homme aux yeux bleus, à la moustache blanche, qui avait soigné toutes les familles de la région et connaissait les hérédités, les tares, mais aussi les forces et les faiblesses de chacun de ses patients. Tout le monde l'aimait, car il était généreux et oubliait de se faire payer. Avec moi, les rares fois où j'avais eu affaire à lui, il s'était montré d'une grande patience. Et, pourtant, il me faisait peur. Je n'aurais jamais osé aller lui poser ces questions qui tournaient dans ma tête depuis si longtemps. Ce matin-là, je me suis contenté de hocher la tête, tandis qu'il passait une main énergique dans mes cheveux et me demandait :

— Quel âge as-tu, toi ?

— Bientôt dix ans.

Il a paru réfléchir, a souri, puis il a dit :

— Ah oui ! c'est vrai.

Il se rappelait donc ma naissance ! Tandis que je me demandais si c'était lui qui avait accouché ma mère, il m'a semblé, à son air attentif, qu'il devait savoir beaucoup de choses à mon sujet.

— Et l'école ? Comment ça va ? a-t-il demandé.

— Je préfère travailler la terre.

— Pas avant d'avoir passé le certificat ! a-t-il lancé avec une voix qui n'admettait pas de réplique.

J'étais bien en peine de prononcer le moindre mot, mais je me suis promis de trouver le courage de l'interroger un jour. Puis, dès son départ, j'ai pensé à Louise dont les paroles ne pesaient pas bien lourd en comparaison de l'autorité d'un tel homme. Elle était très gravement malade mais refusait de l'admettre : c'était la seule explication possible. Je ne devais pas la contrarier. Il était au contraire de mon devoir de la rassurer et de faire semblant de la croire.

Durant les trois jours qui ont suivi la visite du médecin, je n'ai plus eu de nouvelles d'elle que par Rose, qui était désespérée : Louise ne pouvait plus du tout remuer les jambes et ne gardait aucun aliment. J'ai pu enfin m'en approcher un soir, à l'heure de la traite. Elle m'a paru encore plus abattue que la première fois, mais je me suis bien gardé de lui montrer mon inquiétude. Je lui ai seulement demandé :

— Tu as toujours mal au cœur ?

— Oui.

— Et tes jambes ?

— Mes jambes vont bien.

— Tu peux les remuer ?

— Oui.

— Alors tu fais semblant ?

Elle ne m'a pas répondu.

— Tu te rends compte que tout le monde a peur ? Si tu continues, je vais le dire à ta mère.

Elle a tourné vers moi ses grands yeux noirs et m'a dit d'une voix qui tremblait :

— Si tu leur parles de mes jambes, moi je ne te dirai jamais ce que j'ai trouvé.

J'ai réfléchi un instant, puis j'ai demandé :

— Au sujet de mon père ?

Elle a hésité, mon cœur s'est affolé, mais elle a refusé de me répondre. J'ai ajouté, ne pouvant pas en rester là :

— C'est ce que tu as trouvé qui te rend malade ?

— Oui.

J'ai insisté, je lui ai posé d'autres questions, mais elle s'est réfugiée dans le silence. Quand je suis sorti, je ne savais pas si elle me disait la vérité ou si c'était la maladie qui la faisait délirer.

Deux jours plus tard, le médecin est venu me vacciner. C'était le premier vaccin que je subissais de ma vie et je n'étais pas très rassuré. Tandis qu'il préparait la seringue, j'ai hésité à lui parler de Louise, mais je n'ai pas pu la trahir. J'ai demandé pourtant, en lui tournant le dos, car il m'avait fait asseoir devant lui :

— Est-ce que la poliomyélite ça peut rendre fou ?

— Non ! m'a-t-il répondu, sans que je décèle dans sa voix la moindre surprise ou la moindre curiosité.

Puis, en espérant qu'il allait me rassurer :

— Est-ce qu'on en guérit ?

— Quelquefois.

— Et Louise, est-ce qu'elle va guérir ?

— Sûrement, m'a-t-il dit en enfonçant son aiguille dans mon épaule.

Ensuite, quand il a eu terminé, comme je me trouvais seul avec lui pendant qu'il rangeait sa trousse, je lui ai demandé :

— C'est vous qui avez accouché ma mère ?

Il m'a regardé avec étonnement, m'a répondu :

— Non, c'est Léonie.

J'ai attendu quelques secondes, puis j'ai demandé encore, tout en enfilant mon tricot de laine :

— Je suis sûr que vous savez qui est mon père.

Il s'est arrêté brusquement, m'a fait face, m'a lancé un regard où j'ai cru deviner de la tendresse et m'a dit :

— Ne cherche pas à savoir qui est ton père, petit. Ça ne sert à rien. Il y en a qu'une qui le sait, c'est ta mère, et elle ne le dira pas.

Je me suis levé, je me suis approché de lui et je lui ai demandé :

— Alors elle ne parlera jamais ?

Il a attendu de longues secondes avant de répondre, puis il m'a pris par les épaules et il a murmuré :

— Si tu le veux vraiment, si tu l'aides vraiment, un jour elle te parlera, à toi seul.

Je n'ai jamais oublié la lumière dorée qui brillait

dans ses yeux ce jour-là. Et, tandis qu'il me raccompagnait dans la cuisine, sa main posée sur mon épaule, il m'a semblé qu'il n'y avait plus d'hiver au-dehors, que ce n'était pas un vaccin qu'il m'avait inoculé mais un espoir merveilleux qui allait désormais éclairer tous les jours de ma vie.

Une semaine a passé, puis deux. Il faisait toujours aussi mauvais dehors, et, comme je ne pouvais pas me rendre à l'école, je m'ennuyais un peu. J'essayais de me distraire en allant de la grange à la cuisine et, parfois, dans la chambre de Louise. Elle allait mieux. Le traitement que lui avait donné le médecin paraissait faire de l'effet. Un soir, il a annoncé à toute la famille rassemblée dans la cuisine :

— Je crois qu'elle est tirée d'affaire.

Une semaine plus tard, Louise s'est levée et le vieux médecin a déclaré que cette guérison était inespérée. Puis il a ajouté avant de sortir :

— Avec cette maladie que l'on connaît mal, n'est-ce pas, tout est possible, et heureusement.

Amaigrie, les traits tirés, Louise est repartie à l'école avec moi. On sentait le printemps proche. La terre dégelait. De nombreuses rigoles couraient vers la rivière et chantaient dans les fossés. Les alouettes étaient revenues dans les champs où l'on commençait à semer les avoines de printemps, le sainfoin, la luzerne et les trèfles. On apercevait même quelques pissenlits dans les prés. J'avais attendu avec impatience le moment de me retrouver seul avec Louise pour la forcer à me confier son secret.

Le premier soir, au retour de l'école, je n'ai pas manqué de lui poser la question. Mais elle m'a répondu qu'elle avait tout oublié. J'ai crié :

— Mais enfin ! tu m'as même dit que tes jambes n'étaient pas paralysées.

Je me souviens qu'elle s'est arrêtée sur le chemin et je vois encore son visage grave, tandis qu'elle répondait :

— Je ne t'ai jamais dit ça.

— Mais si ! Je te jure !

— Alors c'est que j'avais de la fièvre.

Je n'ai rien obtenu de plus ce soir-là. Mais je suis resté longtemps persuadé que la poliomyélite est une maladie bien plus grave que les plus grands médecins ne l'imagineront jamais. Et bien des jours se sont écoulés avant que j'apprenne ce qui s'était réellement passé, ce mois de février-là, à Laulerie, et de quoi Louise avait tellement souffert, dans le secret de son cœur.

19

Cette année-là, les terribles chevaliers d'avril : saint Georges, saint Marc et saint Eutrope ne nous ont pas apporté les gelées que l'on redoutait tant, et bientôt les blés se sont mis à pointer dans les champs. Les grands travaux ont alors commencé dans les terres luisantes où j'aidais Félix et Célestin à semer le baillarge [1], planter les pommes de terre, les haricots et le maïs. Je m'arrêtais chaque jour chez Léonie au retour de l'école pour parler à ma mère. Quelquefois, le dimanche, je les suivais, elle et Léonie, pour ramasser les herbes du printemps : les giroflées, le lilas, le myosotis, les hellébores, les véroniques et le millepertuis que Léonie enfouissait dans son grand sac de jute avec l'adresse des braconniers.

Un jeudi matin, en allant faire des courses au

---

1. Orge de printemps.

village pour Rose, il m'a semblé apercevoir ma mère aux abords de l'église, tandis que j'achetais du sucre chez la Miette. Je suis revenu vers la porte, inquiet de ne pas apercevoir également Léonie, puis, une fois que j'ai eu payé Miette, je me suis élancé dans la direction où avait disparu ma mère. Parvenu derrière l'église, je l'ai vue au loin, qui marchait rapidement, comme en se cachant. J'étais très étonné de la découvrir seule au village et j'en voulais déjà à Léonie de l'avoir laissée s'enfuir. Toute une somme de mauvais souvenirs m'est revenue à la mémoire en quelques secondes. Je l'ai suivie, pourtant, car je craignais qu'elle fasse de mauvaises rencontres.

J'ai compris très vite qu'elle se dirigeait vers le cimetière, ce qui, à ma connaissance, ne lui était jamais arrivé. Tandis qu'elle y entrait, j'ai attendu un instant derrière un buis en mâchonnant l'une de ces petites marmites qui sont ses fruits. Puis j'y suis entré moi aussi en restant à distance suffisante pour qu'elle ne devine pas ma présence. Elle portait une brassée de fleurs des champs. J'ai pu m'approcher, car il est très facile de se cacher dans un cimetière, à l'abri des pierres tombales. Je l'ai vue alors remplir de fleurs le vase qui était posé sur un caveau gris, puis elle a fait de même sur les deux tombes qui l'entouraient, à droite et à gauche. Elle est restée un long moment immobile devant la tombe du milieu et je l'ai entendue chantonner cet air que, souvent, plaintivement, elle fredonnait aux Terres blondes ou sous le grand chêne au bord de la route. Elle a fini par s'agenouiller sur le gravier, puis elle s'est allongée un moment sur la tombe du milieu, et enfin sur les voisines. De longues minutes ont passé ainsi sans qu'elle bouge. J'ai hésité à la rejoindre de peur de l'effrayer, et puis elle est partie. J'ai attendu qu'elle ait franchi le portail avant de m'approcher des trois tombes. L'une appartenait à la famille Garissou, celle de gauche à la famille Servantie, celle du milieu était celle des Combessou. Mais il n'y avait aucune inscription sur elle, ni sur les autres, d'ailleurs, excepté le nom de famille.

J'ai couru derrière ma mère et je l'ai retrouvée sur la place en compagnie de Léonie qui était partie à sa recherche. Comme je lui reprochais de l'avoir laissée s'enfuir, Léonie m'a répondu :

— Y a pas un quart d'heure qu'elle est partie ! Qu'est-ce que tu veux qui lui arrive ?

— Tu ne te souviens pas qu'on l'a retrouvée un jour au bord de la rivière ?

— Si, je me souviens. Mais, mon pauvre, avec ma jambe, je ne cours pas aussi vite qu'avant.

Cet aveu a fait tomber ma colère. Je me suis senti coupable envers Léonie qui avait recueilli ma mère alors que rien ne l'y obligeait et qui s'en occupait de son mieux. Je lui ai dit que je l'avais retrouvée au cimetière, devant le caveau de famille des Combessou.

— Je sais, ça lui arrive depuis quelque temps, m'a répondu Léonie.

Nous avons marché lentement en direction de la maison, dans la bonne odeur du « chabridou », ce chèvrefeuille des haies qui embaume encore plus que celui des jardins. Léonie ne paraissait pas du tout surprise par ce que je venais de lui dire et je lui ai demandé pourquoi.

— Pourquoi ? Pourquoi ? a-t-elle fait en haussant les épaules, parce qu'elle sait que c'est là que sont enterrés ceux de la famille où tu es placé.

— Et les tombes d'à côté ? Pourquoi les fleurit-elle ?

— Parce qu'il n'y a qu'un vase sur celle des Combessou et qu'elle a les bras chargés de fleurs.

Ces explications m'ont paru si simples que j'ai ajouté :

— Et pourquoi aujourd'hui alors qu'elle n'y était jamais allée avant ?

— Est-ce que je sais, moi ? a fait Léonie avec un peu d'agacement.

Puis elle s'est arrêtée, m'a regardé et m'a dit, d'une voix dure dans laquelle j'ai senti percer de la lassitude :

— Est-ce que tu crois qu'elle le sait elle-même ?

Je n'ai pas répondu. Non, je ne pouvais être sûr de rien, avec ma mère. J'ai eu pourtant envie de confier à Léonie ce que m'avait dit le médecin — qu'elle me parlerait un jour — mais j'ai senti que ces mots n'appartenaient qu'à moi. Léonie respirait très vite, avec difficulté, et prenait peine à nous suivre. J'ai compris ce jour-là qu'elle devait se ménager et que c'était à moi, désormais, de veiller davantage sur ma mère.

J'en ai parlé à Rose et à Maria qui m'ont approuvé. J'ai eu plus de mal à le faire admettre à Célestin, car c'était la période des grands travaux de printemps. J'ai quand même obtenu la permission de rester chez Léonie chaque soir après l'école et d'y passer le jeudi et le dimanche après-midi. J'ai pu ainsi seconder Léonie et surveiller ma mère de plus près. Elle m'a entraîné à plusieurs reprises au cimetière, en fait, chaque fois qu'elle avait ramassé des fleurs avec Léonie, ce qui m'a un peu rassuré : pour elle, les fleurs servaient à fleurir les tombes et c'était tout. J'ai remarqué d'ailleurs qu'elle fleurissait d'autres tombes dont les noms m'étaient inconnus. Je me suis donc contenté de l'accompagner sans chercher à l'en empêcher, pensant qu'elle s'arrêterait d'elle-même.

Cette nouvelle occupation a duré jusqu'à la fin du mois d'avril. Il faisait de plus en plus doux. L'air courait sur la peau avec la légèreté d'une plume et le ciel était d'un bleu de dragée. Un soir, Léonie m'a montré les hirondelles en disant :

— « Per sen José, l'hiroundello vé ! »

Je l'avais aussi entendu dire par Gustave, il y avait bien longtemps. J'aurais dû me douter que le printemps ne ferait pas que nous ramener des hirondelles. Je m'en suis rendu compte ce jeudi après-midi où nous avons pris, Léonie, ma mère et moi, un petit chemin qui conduisait vers la croix de la Moulie. Nous marchions lentement car Léonie faisait provision de carottes sauvages, de centaurées, de fléoles, de pimprenelles et de flouves parfumées. Je l'aidais à les cueillir tout en portant le sac qui commençait à peser sur mon épaule, quand, brusquement, je n'ai plus senti la présence de ma mère à mes côtés. Je me suis retourné : elle était arrêtée trente mètres derrière nous et regardait dans la direction d'un champ de froment. Revenant sur mes pas, j'ai aperçu la silhouette d'un homme en train de sarcler, courbé sur lui-même. J'ai reconnu tout de suite Luigi, comme l'avait reconnu avant moi ma mère dont les yeux étaient pleins de larmes. J'avais oublié ce que m'avait dit Louise, à savoir que Luigi était un saisonnier et qu'il venait travailler à Lavalade du printemps à l'automne. J'ai compris que ma mère, elle, n'avait rien oublié et que le cauchemar allait recommencer.

La cueillette était terminée. Léonie a pris ma mère par la main et l'a forcée à nous suivre, tandis que nous discutions pour savoir ce que nous allions pouvoir faire pour la retenir à la maison. Une fois dans la cuisine, j'ai essayé de raisonner ma mère :

— Tu sais bien que c'est pas lui. Quand tu avais

dix-huit ans, Luigi, lui, il devait en avoir douze ou treize. Alors ? Qu'est-ce que tu lui veux ?

Elle n'a pas répondu, bien sûr, mais j'ai vu briller dans ses yeux cette lumière qui s'allumait tout au fond quand elle me comprenait.

— Il est revenu, mais il repartira. Il n'est pas d'ici, tu comprends ? Il a une femme sans doute, et il habite loin.

Ses cils ont battu cinq ou six fois, très vite, et son visage s'est fermé. Puis elle s'est levée, a ouvert la porte et elle est partie. Je l'ai suivie en espérant qu'elle ne reprendrait pas la direction de la Moulie, mais c'était bien son intention. Alors je suis passé devant elle pour l'empêcher d'avancer. Elle a tenté de se glisser sur le côté, mais je l'ai retenue de toutes mes forces en retrouvant ces mots que je croyais avoir oubliés et qui me revenaient pourtant, comme une comptine que l'on chante aux enfants pour les endormir : la neige, la maison sur la montagne, et lui, tout là-haut, qui nous attendait.

— C'est vrai qu'il ressemble à Luigi, mais il est plus beau, le nôtre, beaucoup plus beau, tu entends ?

À force de lui parler, elle a fini par se laisser ramener vers la maison, mais je savais que l'angoisse était là, de nouveau, et sans doute pour longtemps.

Pendant toute la soirée, j'ai essayé, avec Léonie,

de trouver une solution, mais comment faire pour l'empêcher de s'enfuir quand j'étais à l'école et Léonie occupée à soigner ses malades ?

— On verra bien, m'a-t-elle dit, mais dès que je le pourrai, j'irai lui parler, moi, à cet Italien.

Et, comme je ne me décidais pas à rentrer à Laulerie :

— Elle finira bien par se lasser, va. Regarde ! Pour le cimetière, elle a déjà oublié.

Le lendemain, en rentrant de l'école, j'ai couru aussi vite que j'ai pu vers la maison de Léonie. Courir ! Courir ! Je recommençais à courir et toutes mes anciennes peurs surgissaient de nouveau à chacun de mes pas. Chez Léonie, il n'y avait personne et pourtant il était plus de midi. J'ai dit à Louise de rentrer à Laulerie pour prévenir sa mère que je ne viendrais pas manger, puis je suis parti vers Lavalade en ayant l'impression de me retrouver en automne, six mois auparavant, quand j'avais emmené ma mère vers l'océan. Je suis passé d'abord au champ de la Moulie, mais il était désert. Je me suis demandé si je n'allais pas devoir repartir avec la charrette pour l'éloigner définitivement de l'Italien, puis je me suis souvenu des gendarmes et de l'orphelinat. Alors je me suis dit qu'il fallait trouver une solution ici, quitte à m'engager comme journalier chez les Estève pour remplacer Luigi, s'ils voulaient bien de moi. J'apercevais des cailles qui piétaient en bordure des champs, des merles qui fuyaient devant moi, le long des haies fleuries d'églantiers, et je me disais avec tristesse que ç'aurait été un beau printemps si Luigi n'était pas revenu.

Je n'ai pas eu à les chercher : Léonie était assise avec ma mère sur le talus, à l'entrée de la cour de Lavalade. Elle lui parlait, mais j'ai compris tout de suite que ma mère ne l'entendait pas.

— Je peux quand même pas l'emmener de force, m'a-t-elle dit en soupirant.

J'ai regardé ma mère. Son visage avait pris un air douloureux et ses yeux brillaient, comme chaque fois qu'elle se trouvait à proximité de Luigi. Désemparé de voir à quel point elle avait besoin de cet homme, j'ai demandé à Léonie :

— Mais enfin, qu'est-ce qu'elle lui veut ?

Léonie, comme toujours, a haussé les épaules.

— Je te l'ai déjà dit. Il doit lui rappeler quelqu'un, c'est tout.

— Qui ? Mon père ?

— Va savoir !

Il nous a fallu beaucoup de patience, ce jour-là, pour la ramener, au point que j'ai eu à peine le temps de manger avant de repartir à l'école. Et, pendant que j'avalais en toute hâte mes pommes de terre, j'ai vu que ma mère pleurait sans bruit. J'ai senti mon ventre se nouer et j'ai eu beaucoup de mal à repousser les larmes qui me venaient, à moi aussi, devant ce chagrin incompréhensible.

— Il n'y a qu'une solution, a dit brusquement Léonie : il faut la laisser faire. Je vais aller parler à Estève. Je suis sûre qu'il comprendra.

Et, comme je réfléchissais, silencieux :

— Elle ne risque rien là-bas, c'est pas comme au village. Et on saura au moins où elle est.

Je n'ai pas répondu, mais, en marchant près de Louise, sur le chemin de l'école, il m'a semblé que l'idée de Léonie était bien la seule solution pour retrouver une vie normale et oublier ces peurs qui m'étreignaient de nouveau jour et nuit.

20

Au mois de mai, tout a reverdi dans la vallée. Tôt le matin, les tourterelles s'appelaient d'une branche à l'autre, puis elles s'envolaient de leur vol paresseux vers les seigles et les blés. J'avais le temps de les observer le long des chemins, car je ne courais plus, désormais, pour aller voir ma mère. Léonie avait eu raison : il n'y avait pas grand risque à la laisser partir vers Lavalade. Elle s'asseyait au bord du champ où travaillait Luigi, le regardait pendant des heures entières, ne s'en éloignait jamais. Les Estève ne disaient rien : ça ne les empêchait pas de travailler.

Je les ai rejoints un jeudi, au bord d'un champ où Luigi arrachait les chardons dans le blé. Je me suis assis à côté d'elle, mais c'est à peine si elle a remarqué ma présence. Elle semblait heureuse car elle ne souhaitait pas autre chose que de vivre près de cet homme qui, pourtant, ne lui était rien. J'ai tenté de lui parler, mais elle ne m'a pas entendu :

elle était tout entière occupée par Luigi. J'avais beau savoir qu'elle se comportait toujours ainsi en sa présence, j'ai eu mal de la voir s'intéresser de la sorte à un autre que moi. Alors j'ai cherché comment attirer son attention, comment la ramener vers moi en douceur, sans la faire souffrir.

— Laisse passer le temps, m'a dit Léonie ; c'est le meilleur remède.

L'océan et les montagnes n'existaient plus. Je souffrais de la sentir éloignée de moi comme elle ne l'avait peut-être jamais été. Mais quoi faire ?

Cet après-midi-là, vers quatre heures, Luigi est venu s'asseoir près de nous et a ouvert sa musette. Elle contenait du pain, du fromage, des pommes toutes ridées et une bouteille de vin. J'ai essayé de l'arrêter quand il lui a tendu un morceau de pain, mais elle l'avait déjà pris, comme si elle n'avait espéré que ce geste-là. Il s'est mis à manger lentement en regardant le champ devant lui. Elle mangeait aussi, mais plus lentement encore, car elle oubliait de mâcher, sans doute pour mieux profiter de sa présence. Il ne paraissait pas du tout étonné ni gêné par elle. Il avait sans doute compris ce qui se passait dans sa tête et il n'essayait pas d'en profiter. Il s'est mis à me parler comme à un ami : il habitait Jumillac et travaillait à la journée, là-bas, à de menus travaux. Il s'était marié avec une femme qui était servante chez des gens riches. Il venait à bicyclette tous les matins avant l'aube et rentrait chaque soir. Mais c'était sûrement la dernière année, car sa femme allait le faire engager chez les gens qui l'employaient. J'ai été rassuré en écoutant Luigi : je n'avais rien à redouter de lui.

Pourtant, les jours suivants, j'ai compris qu'il avait appris à lui parler aussi bien que moi et qu'elle le comprenait.

— Oui, tu es belle, lui disait-il.

Il avait une voix très douce et des yeux noirs.

— Tu veux encore un peu de fromage ? Tiens ! Prends !

Elle tendait la main vers lui, mangeait sans le quitter des yeux. Un jour, quand il a eu fini de boire au goulot de sa bouteille, elle en a voulu aussi. Puis, sans qu'il ait fait le moindre mouvement pour l'attirer, elle a incliné sa tête sur son épaule, a soupiré, et il m'a semblé que c'était de bonheur. Il n'en a pas paru étonné non plus. Il l'a repoussée doucement et lui a dit en souriant :

— Oui, tu es belle, mais il faut que j'aille travailler.

Et, comme elle esquissait un geste vers lui :

— Reste là. Je vais pas loin, tu me verras.

Je me suis demandé d'où lui venaient une telle patience, une telle connaissance de ce qu'il fallait faire pour l'apprivoiser. Il m'intriguait, et, par moments, j'en venais à regretter qu'il soit marié. Mais, très vite, je me disais que ce n'était pas possible, que tout ça n'avait pas de sens. Cependant je courais les retrouver chaque fois que je le pouvais et je m'habituais, moi aussi, à la présence de Luigi.

À l'école, les choses allaient de plus en plus mal, car je ne faisais plus mes devoirs. Louise, elle, me reprochait de ne pas lui parler. Quant à Célestin, il était furieux de ne plus pouvoir compter sur moi.

— Tu exagères, tu sais, me disait Rose.

Maria, elle, ne disait rien. Quand je rentrais le soir, après avoir ramené ma mère chez Léonie, elle m'observait longuement mais je ne lisais aucun reproche dans ses yeux.

C'est Léonie qui s'est inquiétée, la première, le jour où ma mère a voulu suivre Luigi à Lavalade pour manger avec lui. Les Estève ne s'y sont pas opposés, mais ils m'ont paru préoccupés eux aussi. D'autant que maintenant ma mère travaillait dans les champs près de Luigi et qu'elle passait tout son temps avec lui, excepté les soirées, une fois qu'il était parti sur sa bicyclette vers Jumillac. Très vite, pourtant, vivre près de lui la journée ne lui a plus été suffisant. Un soir, au moment où il a grimpé sur sa bicyclette, elle s'est accrochée à lui, refusant de le laisser partir. J'ai dû intervenir pour qu'il puisse s'en aller, mais elle a couru derrière lui et ç'a été terrible. Elle a couru peut-être plus d'un kilomètre, et moi aussi, en l'appelant et en la suppliant de s'arrêter. Elle a renoncé seulement lorsqu'elle a été à bout de souffle et j'ai dû la faire asseoir sur le bord de la route, l'aider à marcher pour rentrer. Comme je ne l'avais jamais vue si malheureuse, je lui ai dit :

— Il reviendra demain, tu le sais bien : c'est tous les jours pareil.

Elle ne m'entendait pas. Elle était tout entière plongée dans son désespoir et la nuit tombait autour de nous. Je me sentais incapable de la consoler. Je lui parlais, pourtant, mais les mots ne l'atteignaient pas. À la fin, comme il faisait noir et qu'elle avait peur, j'ai pu la ramener lentement, sans la brusquer.

À notre arrivée, Léonie m'a paru très inquiète. Elle s'était rendue à Lavalade où elle avait eu une longue discussion avec les Estève. Je lui ai dit :

— Tu vois, elle est allée trop loin, maintenant. Elle ne veut plus le quitter, même la nuit.

Léonie semblait désemparée, soupirait en hochant la tête.

— On va attendre encore quelques jours, a-t-elle dit. Ils ne vont pas tarder à le renvoyer. Flavie me l'a promis.

Je suis rentré à Laulerie un peu rassuré, mais en gardant le secret espoir que les choses s'arrangeraient d'elles-mêmes, pour que ma mère ne souffre pas d'une séparation trop brutale.

Rien ne s'est arrangé dans les jours qui ont suivi, bien au contraire. Alors Luigi aussi s'est rendu compte que ça ne pouvait pas durer. Un matin, il n'est plus venu. Ma mère s'est rendue à Lavalade comme à son habitude, elle a attendu un long moment, est entrée dans la maison, a couru vers les champs où Luigi avait travaillé, l'a cherché toute la matinée. À midi, je l'ai trouvée sur la route, devant la cour des Estève, en compagnie de Flavie qui essayait de la raisonner. J'ai essayé à mon tour de la convaincre de rentrer, mais elle n'a pas voulu bouger de toute la journée. Léonie est venue nous retrouver, lui a parlé elle aussi, mais sans succès. Dans le courant de l'après-midi, ma mère a repris ses recherches dans les champs, puis, le soir, elle est revenue attendre dans la cour. Elle n'a accepté de me suivre qu'à la nuit tombée et je l'ai ramenée doucement, tandis qu'elle poussait les mêmes gémissements que sous le grand chêne de la route.

Elle est retournée à Lavalade toute une semaine sans se lasser. Je la ramenais chaque soir en lui parlant de nouveau des montagnes, de la neige qui les recouvrait, de celui qui nous attendait là-bas. Elle ne mangeait plus. Il fallait la nourrir à la cuillère, comme une enfant. Plus le temps passait, plus elle s'affaiblissait. Elle n'a renoncé à ses visites à Lavalade que le jour où elle n'a plus eu de forces. La peur avait changé de couleur. Je craignais désormais — et Léonie avec moi — qu'elle se laisse mourir. Je m'arrêtais maintenant tous les matins, tous les midis et tous les soirs pour la faire manger, et ça me prenait beaucoup de temps. Elle n'ouvrait la bouche qu'à l'instant où la cuillère touchait ses lèvres, puis elle mâchait très lentement en regardant droit devant elle. Ensuite, elle restait assise sur le banc, devant la porte, et ne bougeait pas, sauf si Léonie la prenait par le bras.

Le mois de mai s'est achevé ainsi, dans l'espoir et la crainte, puis, un jour, elle est partie sur un chemin et s'est mise à cueillir des fleurs. Léonie, qui la suivait, a compris ce qu'elle avait dans la tête quand elle a pris la direction du village. Là, elle s'est dirigée tout droit vers le cimetière, a choisi une tombe voisine de celle des Combessou, y a déposé ses fleurs. Pour elle, désormais, Luigi était mort. Dès lors, la cueillette des fleurs est devenue sa principale occupation et le cimetière sa promenade de l'après-midi.

— Ce qui est terrible, m'a dit Léonie, c'est qu'elle y reste longtemps et moi, pendant ce temps, je ne peux rien faire.

J'ai donc été obligé d'aller la chercher à la sortie de l'école et de la ramener, le plus souvent en compagnie de Louise dont la présence m'était d'un grand réconfort. J'en profitais pour l'interroger sur ce secret qu'elle avait refusé de me confier quand elle était malade, mais, chaque fois, elle pâlissait, me regardait fixement et refusait de répondre.

Je me posais également beaucoup de questions au sujet de l'attitude de ma mère au cimetière. Je me disais que, si elle agissait de la sorte avec Luigi, c'était probablement parce qu'un autre homme, avant lui, était mort. Mais pourquoi fleurissait-elle toutes les tombes ? Je n'osais plus poser de questions à Léonie, car je songeais que c'était peut-être mon père qui était mort, et je ne pouvais pas vivre avec cette idée. Mon père, je l'avais toujours imaginé dans un pays lointain, sur ces montagnes où il construisait une maison pour mieux nous accueillir. J'avais très peur de m'approcher trop près d'une vérité qui risquait de faire s'écrouler le monde sur ma mère et sur moi.

Dès que je l'ai pu, donc, j'ai cessé d'aller au cimetière. Ma mère elle-même, maintenant, y allait moins. Elle était revenue à Lavalade une fois, début juin, mais elle avait attendu seulement une heure dans la cour, puis elle était rentrée d'elle-même. J'ai pu recommencer à travailler comme avant à Laulerie et retrouver un peu de tranquillité, de même que Léonie. Je me suis rendu compte alors qu'on allait entrer dans l'été, que les grandes vacances approchaient, et que la campagne autour de moi n'avait jamais été aussi belle.

21

Comme l'automne et le printemps avaient été pluvieux, les foins étaient hauts, épais, déjà blonds, et je retrouvais avec bonheur leur odeur poivrée, le soir, au retour de l'école. Léonie était bien la seule à ne pas s'en réjouir :

— « Annado de fé, annado de ré[1] », disait-elle en fronçant les sourcils chaque fois que je parlais de belles fenaisons.

Le soir, après manger, comme les jours étaient longs, il m'arrivait d'aller m'y allonger, au beau milieu du pré de Laulerie, en compagnie de Louise. Nous avions creusé un lit où nous nous couchions sur le dos, face aux étoiles qui s'allumaient une à une, là-haut, et nous discutions de choses et d'autres, de ma mère surtout, qui allait mieux, enfin, et souriait parfois.

---

1. « Année de foin, année de rien. »

Un soir, j'ai dit à Louise que peut-être un jour nous nous laririons ensemble. Elle s'est levée d'un bond, est partie sans un mot vers la ferme. Je suis resté seul, le cœur au bord des lèvres, ne comprenant pas cette fuite soudaine qui multipliait les questions que je me posais. Pourtant, durant les jours qui ont suivi, malgré l'absence de Louise, je n'ai pas pu abandonner mon nid chaud dans le foin.

Avec la chaleur, les blés, eux aussi, blondissaient. C'était une chaleur déjà lourde, oppressante, qui me rappelait celle de l'été précédent. Une nuit, j'ai été réveillé par un silence anormal. D'ordinaire, des bruits familiers berçaient mon sommeil : le murmure des châtaigniers derrière la grange, le battement des ailes d'un verdier dans les branches, les soupirs du vent dans les tuiles, là-haut, au-dessus de la charpente feutrée de toiles d'araignées. Même les vaches, réveillées elles aussi, semblaient attendre quelque chose et ne bougeaient pas. J'ai écouté un long moment le silence qu'a troublé l'aboiement bref d'un chien dans le lointain et j'ai fini par me rendormir.

Les roulements du tonnerre m'ont réveillé en sursaut vers quatre heures. A l'instant même où je me dressais sur la paille, un éclair a fusé derrière la porte avec le claquement sec d'une lanière de fouet. Il m'a semblé alors que le ciel tout entier se fracassait, car ce n'était pas le simple bruit de la pluie qui ébranlait le toit, mais celui, que je ne connaissais pas encore, de la grêle mortelle pour les cultures. J'ai allumé la lampe tempête et j'ai poussé la porte avec précaution. Tout était blanc dehors. Ce qu'avec la nuit on pouvait prendre pour de la neige était en réalité d'énormes grêlons dont le tapis déjà épais recouvrait la cour. J'ai aperçu une silhouette qui se lançait dans l'espace découvert entre la maison et la grange, protégée par une canadienne. C'était Célestin. Il est arrivé dans la grange à bout de souffle, un peu hagard, m'a demandé :

— Ça va, « pitiou » ?

Puis, se tournant vers les vaches :

— Il faut les rassurer, leur parler.

Je me suis rendu compte alors qu'elles tiraient nerveusement sur leurs chaînes et piaffaient comme des chevaux effrayés. J'ai aidé Célestin à les calmer, mais ça n'a pas été facile. Rose est arrivée peu après, la tête protégée par une pèlerine.

— Ça tombe gros comme des œufs de pigeon, a-t-elle dit.

On entendait les grêlons s'acharner sur le toit de tuile et le vent se battre avec les châtaigniers en hurlant. Bientôt, de l'eau a dégringolé du toit, à travers une tuile cassée. Il a fallu écarter le foin à la lueur de la lampe tempête et canaliser l'eau en direction de la porte qui battait, comme si la tourmente allait l'emporter. À un moment, la foudre est tombée tout près, sur l'un des châtaigniers qui se trouvait à dix mètres derrière la grange. L'orage a duré toute la nuit. Quand la grêle a cessé, la pluie l'a remplacée : une pluie lourde et drue qui s'est acharnée jusqu'au petit matin sur la terre détrempée. Célestin et Rose étaient repartis depuis un long moment quand le jour s'est levé. Dès que je suis sorti, j'ai regardé en direction des châtaigniers dont l'un, effectivement, avait été foudroyé. Heureusement, c'était le plus éloigné de la grange.

Les grêlons étaient si gros qu'ils n'avaient pas encore fondu. Le ciel était dégagé, maintenant, mais il y avait toujours autant d'épaisseur dans l'air moite, comme si l'orage, malgré sa violence, n'avait pas réussi à la chasser. C'est en arrivant au bord du pré que j'ai vraiment mesuré l'état dans lequel il se trouvait : les foins avaient été mâchés par la grêle, et la pluie les avait couchés. On aurait dit qu'un immense troupeau y avait passé la nuit, les foulant, les mâchant, les mêlant à la terre et à la boue.

— Tout est perdu, a dit une voix dans mon dos ; les foins comme les blés.

C'était Célestin, qui avait les yeux lourds du manque de sommeil.

— Qu'est-ce que tu veux ? a-t-il soupiré, c'est comme ça.

Il est reparti vers la maison en ajoutant :

— Viens m'aider à m'occuper des bêtes. On déjeunera après.

Quand on a eu fait la litière des vaches, en ressortant pour me rendre à la maison, j'ai entendu la terre chanter en buvant l'eau des minuscules ruisseaux qui couraient çà et là. Le soleil, lui, brillait de nouveau dans un ciel sans nuages.

— Le foin est perdu et pourtant ça n'a servi à rien, a dit Rose. Il fait aussi chaud qu'hier.

— C'est vrai, a soupiré Maria, j'ai beaucoup de mal à respirer.

Elle grimaçait, tout en déjeunant, face à moi.

— Tu sais bien qu'au début juin c'est toujours comme ça, a dit Rose.

Maria a hoché la tête, s'est épongé le front, et il m'a semblé qu'elle fuyait mon regard. Comme on était jeudi et qu'il n'y avait pas d'école, elle m'a demandé de la suivre au village pour livrer le lait. Pendant ce temps, Rose aiderait son père et Félix à réparer les dégâts de l'orage, du moins ce qu'ils pourraient.

La jument allait au pas au milieu des flaques d'eau et les feuilles des arbres étincelaient. C'est moi qui tenais les rênes. Maria, à mes côtés, semblait de plus en plus mal. À tel point qu'une fois au village j'ai distribué le lait avec Louise tandis que Maria se rendait chez Ambroise pour boire un cordial. Quand nous avons eu terminé,

Louise est allée chez Ambroise pour la prévenir, mais elle ne s'y trouvait pas.

— Elle est partie au cimetière, lui a dit Pascaline. Attendez un peu, elle va revenir.

J'ai fait patienter la jument que j'avais attachée au tronc d'un frêne, puis j'ai demandé à Louise d'aller à la rencontre de sa grand-mère. Comme elles tardaient à revenir, j'ai pris le chemin du cimetière avec la charrette. C'est alors que j'ai entendu Louise crier, mais sans comprendre ce qu'elle disait. J'ai mis la jument au trot et je l'ai arrêtée devant les grilles. Puis, sans prendre la peine de l'attacher, j'ai couru vers la tombe des Combessou. Maria était assise contre une dalle de marbre et Louise lui tenait la tête.

— Vite ! Vite ! disait-elle. Elle ne peut plus respirer.

Je suis revenu vers la charrette et j'ai réussi à la faire entrer dans le cimetière dont les allées étaient heureusement assez larges. Nous avons eu beaucoup de mal à hisser Maria, car elle était très lourde et gémissait. Il ne nous a pas fallu plus de cinq minutes pour arriver chez Ambroise qui l'a emmenée en voiture chez le médecin de Jumillac. Je suis retourné avec Louise à Laulerie où j'ai prévenu Rose et Célestin. Ils sont partis aussitôt, et je suis resté seul avec Félix et Louise, qui s'est mise à pleurer.

— Ne pleure pas, lui a dit son père, chaque année à la même époque elle n'est pas bien.

On était le 8 juin. Comme je ne comprenais pas quel était le rapport entre cette date et le malaise de Maria, j'ai demandé à Félix :

— Pourquoi début juin ?

Il a tourné vers moi son visage calme et bon. J'ai vu qu'il hésitait et qu'il était troublé.

— Sans doute les premières chaleurs, a-t-il dit.

Mais j'ai deviné qu'il me cachait quelque chose. Pourtant je n'ai pas insisté, de peur de faire davantage pleurer Louise. Après, la matinée est passée sans nouvelles, puis Rose est revenue pour préparer la soupe. On avait emmené Maria à l'hôpital et Célestin l'avait suivie.

— C'est son angine de poitrine qui s'est réveillée, nous a-t-elle dit ; mais j'ai compris qu'elle était très inquiète.

Durant l'après-midi, j'ai aidé Félix à nettoyer la cour et la grange, puis il est monté sur le toit pour remplacer les tuiles cassées. Ensuite, je l'ai suivi dans les champs où c'était la désolation. Les blés étaient complètement hachés, l'orge et l'avoine également. Seul le maïs semblait avoir un peu moins souffert de la grêle.

— Nous voilà propres, a murmuré Félix.

J'ai été un peu étonné par cette résignation, cette absence de colère. Je ne connaissais pas encore très bien la patience et le courage des gens de la terre.

Je les ai appris depuis, et je m'efforce de les pratiquer. Mais, ce jour-là, j'en ai voulu à Félix de ne pas se révolter, de ne pas frapper la terre comme elle le méritait. C'était plutôt le ciel qu'il aurait fallu frapper. Mais comment atteindre le ciel ? Comment se venger de ses colères ?

Célestin est rentré très tard. Je l'ai attendu dans la cuisine avant d'aller me coucher. Oui, c'était grave : quelque chose dans le cœur de Maria avait lâché. Il est reparti le lendemain avec Rose, et, comme la veille, je suis resté en compagnie de Louise et de Félix. Pendant une semaine, j'en ai profité pour manger à midi chez Léonie où nous parlions de Maria. Ma mère nous écoutait avec une sorte d'attention qui m'étonnait, car elles n'avaient jamais eu beaucoup de relations. Au contraire : Maria n'avait pas voulu d'elle quand Léonie s'était cassé la jambe. Je n'ai pas cherché davantage d'explications jusqu'au jour où Léonie, elle aussi, m'a dit que Maria n'allait jamais bien à cette époque de l'année. J'ai demandé, alors, agacé de me heurter sans cesse aux mêmes mystères :

— Tu vas enfin me dire pourquoi ?

Elle aussi s'est troublée et m'a fait la même réponse que Félix :

— À cause des premières chaleurs, sans doute.

Je n'ai pas insisté, ce jour-là, pas plus que je n'avais insisté avec Félix, d'autant que Maria allait mieux à présent. Certes, elle se trouvait toujours à l'hôpital, mais Célestin ne restait pas auprès d'elle. C'était Rose qui faisait le voyage de Périgueux tous les deux jours.

Et puis, à la fin du mois, il y a eu les feux de la Saint-Jean, sur la place du village. Quand nous habitions aux Terres blondes, Gustave m'interdisait d'y aller. Je lui avais demandé la permission à plusieurs reprises, mais il s'était mis en colère et n'avait jamais cédé.

— Je garderai ta mère, m'a dit Léonie, un jour à midi, tandis que je regrettais de n'avoir jamais vu ces feux. Tu pourras y rester le temps que tu voudras.

Félix, lui, était un habitué de cette fête qui réunissait tous les habitants du village. Il était même chargé de bâtir le foyer avec de vieux troncs, de grosses poutres, de la paille bien sèche, et des planches qu'il récupérait chez les fermiers des environs. Je l'y aidais, chaque soir, après l'école. À cette occasion, les autres enfants que je retrouvais sur la place ne me cherchaient pas querelle. Je n'en étais pas vraiment surpris, la présence de Félix à mes côtés expliquant leur attitude.

La veille de la Saint-Jean, nous avons coiffé le foyer de genêts qui lui ont donné fière allure. La journée du lendemain m'a paru interminable, tellement j'avais hâte d'assister à cette fête qui m'avait été défendue trop longtemps. Dès la fin du repas du soir, j'ai pu me mettre en route vers le village en compagnie de Louise, de Rose et de Félix. Bien que nous ayons soupé tard, il ne faisait pas encore nuit. Des odeurs d'herbe chaude erraient dans le soir finissant, et le ciel, là-bas, au bout de l'horizon, était d'un bleu si clair qu'il en paraissait blanc. Il y avait longtemps que je n'avais pas senti autour de moi une telle paix, une telle envie de vivre dans cette douceur de la terre et de l'air. J'aurais dû me méfier de ce si beau soir d'été, mais on ne se méfie pas quand on a besoin d'être heureux.

Nous avons chanté, nous avons dansé autour du feu quand la nuit est tombée sur le village comme un grand drap de lin. Dans une farandole folle, j'ai tourné autour des flammes bleues en donnant une main à Louise et l'autre à Rose. De temps en temps, je levais la tête vers le ciel plein d'étoiles où j'apercevais enfin ces montagnes blanches que j'avais cherchées si souvent. Le foyer crépitait en lançant des étincelles qu'il fallait éviter tout en se rapprochant le plus possible des flammes. J'avais très chaud et je buvais du vin à la barrique qu'Ambroise avait apportée là, pour le plus grand plaisir des villageois. Le feu a duré longtemps, très longtemps. Les étoiles étaient bleues. Le ciel était bleu. J'avais un peu trop bu, sans doute, comme tout le monde dans cette nuit si belle.

Est arrivé le moment où le foyer a diminué et où les plus agiles des garçons de mon âge ont commencé à sauter par-dessus. J'ai attendu un peu avant de me lancer, mais, dès que les flammes m'ont paru suffisamment basses, j'ai sauté à mon tour une première fois, puis, encouragé par ma réussite, deux ou trois autres fois. Il était de tradition de sauter le foyer avec la fille de son choix. J'ai cherché Louise des yeux et j'ai compris qu'elle m'attendait. Quand je suis arrivé près d'elle, pourtant, Claude Jarétie avait pris sa main et essayait de l'entraîner pour prendre de l'élan. Me souvenant des batailles sur le chemin et de tout ce que nous avions souffert ensemble à cause de lui, je me suis précipité, je l'ai frappé pour délivrer Louise et je l'ai poussé de toutes mes forces vers le foyer dans lequel il est tombé en poussant un grand cri. Heureusement, Félix et Louisou, qui avaient remis leurs sabots, ont eu vite fait de le tirer en dehors des braises. Alors j'ai vu Claude s'éloigner, soutenu par ses amis, et je me suis réfugié près de Félix qui a lancé en riant :

— C'est rien, va ! Il a dû se roussir les fesses, mais à son âge, la peau repousse plus vite que celle des serpents.

Un grand éclat de rire a souligné cette plaisanterie et tout le monde a recommencé à s'amuser. Pas moi. Je savais que les représailles allaient être terribles et je songeais déjà à l'école du lendemain. Je n'ai plus bougé de l'endroit où je me trouvais, entre Rose et Félix, essayant de me faire oublier, malheureux d'avoir gâché cette fête dont j'espérais tant. Je ne pensais pas, à ce moment-là, qu'elle pouvait l'être encore davantage. J'attendais patiemment qu'elle se termine, face au cercle de braises dont l'éclat projetait dans la nuit une lueur orangée qu'on devait apercevoir de loin.

Nous étions sur le point de rentrer quand j'ai entendu un cri atroce derrière moi. Et je n'ai pas eu besoin de me retourner pour savoir qui criait, à une dizaine de mètres, dans mon dos. Je me suis levé d'un bond et j'ai couru vers ma mère dont les bras étaient tendus vers l'avant, et qui criait, qui criait, comme je n'avais jamais entendu crier personne. Déjà, Léonie arrivait, à bout de souffle, en chemise et bonnet de nuit. Elle a pris ma mère par un bras, et nous avons essayé de l'éloigner du foyer. Rose est venue nous aider, heureusement, sans quoi nous n'y serions pas arrivés. Je ne cessais de supplier ma mère en l'entraînant.

— Tais-toi ! Tais-toi !

Mais elle ne m'entendait pas et continuait de crier avec la même force. Elle s'est calmée seulement quand on l'a fait entrer dans la maison où Léonie a passé un linge humide sur son visage, mais ses yeux ont gardé un long moment la même lueur d'épouvante et je me suis demandé ce qui avait pu provoquer une peur si terrible.

— Les flammes l'ont toujours effrayée, m'a dit Léonie, c'est pour ça que Gustave ne voulait pas qu'elle aille voir le feu.

J'avais le cœur qui battait encore très fort et je devinais que cette peur dissimulait autre chose de bien plus grave encore. Cette si belle nuit que j'avais tellement attendue s'achevait de la pire des manières. Je n'osais même pas parler. Léonie et Rose discutaient entre elles à voix basse et Louise m'observait d'un air malheureux. Ma mère s'était couchée. Je lui avais un moment tenu la main, jusqu'à ce que le faible gémissement qui sortait de sa bouche s'arrête enfin. Léonie était en train d'expliquer à Rose comment ma mère avait commencé à se plaindre dès qu'elle avait aperçu la lueur des flammes dans la nuit, puis elle avait refusé de se coucher et, enfin, elle s'était brusquement précipitée vers la porte.

— Demain, elle aura oublié, m'a dit Léonie. Allez, c'est fini. N'y pense plus.

Félix est arrivé sur la charrette. Nous sommes repartis vers Laulerie, Félix et Rose sur la banquette, devant, Louise et moi à l'arrière, serrés l'un contre l'autre. J'avais encore dans les oreilles ce cri qui n'en finissait pas et je tremblais sans même sentir la main de Louise qui serrait la mienne comme quand nous nous couchions dans les prés, au temps où elle était proche de moi et me confiait tous ses secrets.

22

J'ai mis longtemps à m'endormir, ce soir-là, car dès que j'oubliais les cris de ma mère, le souvenir de ma dispute avec Claude Jarétie surgissait brusquement dans ma mémoire. C'est d'ailleurs la première chose dont je me suis inquiété auprès de Louise quand je l'ai retrouvée, en déjeunant, le lendemain matin.

— On se défendra, m'a-t-elle dit, ce ne sera pas la première fois.

C'était vrai, mais quelque chose me disait que cette fois ce serait différent, que la vengeance de Claude et de ses camarades aurait à voir avec les flammes et les cris. J'en ai fait part à Louise, sur le chemin où le soleil, déjà, faisait jouer sa lumière dorée sur les feuilles des arbres.

— Qu'est-ce que tu vas chercher? m'a-t-elle répondu.

Mais j'ai senti qu'elle n'était pas très rassurée. Il ne s'est rien passé, pourtant, durant la première moitié du trajet. J'ai voulu m'arrêter un moment chez Léonie pour voir ma mère. Elle était levée et déjeunait d'une tartine de confiture et de café au lait. Elle paraissait encore troublée par ce qui s'était passé la veille. Son regard s'évadait par la porte ouverte comme si une menace rôdait dans les alentours. Je n'ai pas pu me décider à la quitter dans l'état où elle se trouvait. Tandis que Louise discutait avec Léonie, j'ai emmené ma mère dans la cour et je lui ai dit :

— Regarde ! Tu vois ! Tout va bien : il n'y a plus de feu.

Puis j'ai fait quelques pas avec elle sur le chemin et elle s'est calmée. Je suis revenu vers la maison où je me suis assis un moment près d'elle sur le banc. J'ai lu alors dans ses yeux comme un appel au secours et je lui ai demandé :

— Qu'est-ce qu'il y a ? De quoi as-tu peur ?

Il m'a semblé qu'elle voulait me prévenir du fait que cette journée n'allait pas ressembler aux autres. Je lui ai dit :

— Ne t'inquiète pas, c'est fini, c'est fini.

Et je lui ai parlé de nouveau de montagne et de neige, avec ces mots qu'elle comprenait si bien.

— C'est l'heure ! m'a prévenu Louise, il faut partir.

Quelque chose me disait qu'il ne fallait pas laisser ma mère, ce matin-là, que je devais rester près d'elle, car elle avait pressenti le danger qui nous guettait, elle et moi. Pourtant je l'ai confiée à Léonie et je suis parti avec Louise en direction de l'école.

Tout en courant, nous évitions les allées entre les champs, d'où pouvaient surgir des assaillants. Mais personne n'est apparu et j'en ai été presque étonné. Dès l'entrée de l'école, même, j'ai trouvé les autres très calmes. Et tout s'est bien passé pendant les deux premières heures de classe. Il m'a semblé que M. Valeyrac s'étonnait lui aussi du calme de ses élèves et j'ai pensé au grand silence qui avait précédé l'orage de grêle, avec, tout au fond de moi, un très mauvais pressentiment.

Puis est arrivée la récréation de dix heures. La cour des filles était séparée de celle des garçons, mais j'avais pris l'habitude de m'approcher du mur derrière lequel, le plus souvent, m'attendait Louise. Je passais là de longs moments avec elle, à l'abri des batailles de la cour. C'est au milieu de cette récréation que Claude Jarétie et ses amis se sont approchés de moi. Je les vois encore, pas vraiment menaçants mais riant à l'avance de la vengeance qu'ils avaient imaginée. Je me suis mis en position de me battre tandis que Louise s'apprêtait à crier pour attirer l'attention du maître. Mais j'ai compris très vite qu'il n'y aurait pas de coups, ce matin-là. Il s'agissait de bien autre chose. Claude s'est arrêté à un pas de moi, m'a regardé un long moment et m'a dit :

— C'est pas un sale boche comme toi qui va se marier avec une fille de chez nous !

Un couteau dans le ventre ne m'aurait pas fait plus de mal. En un éclair j'ai compris pourquoi on ne parlait pas des Allemands en ma présence : c'est que mon père en était un. Et ma mère en avait souffert au point d'en perdre la raison. Pourquoi ? Comment ? Jamais les sirènes n'ont hurlé si fort dans ma tête qu'à ce moment-là. J'ai entendu Louise crier. J'ai vu également l'instituteur venir vers moi, puis ma vue s'est brouillée, le monde s'est mis à tourner et, bousculant tout ce qui se trouvait sur mon passage, je me suis enfui en courant comme un fou.

Je courais, je criais, je pensais à ma mère, je pensais à mourir. Je ne reconnaissais rien des champs et des prés, rien du chemin qui longeait la rivière. J'étais perdu au fond de ce puits où j'avais si peur qu'elle ne tombe, je revivais par la pensée tout ce qui s'était passé depuis les Terres blondes et qui me confirmait cette vérité insupportable : j'étais le fils d'un Allemand. Voilà pourquoi les enfants s'acharnaient sur moi, les hommes sur ma mère. Cette faute impardonnable l'avait désignée, et moi avec elle, à une colère souterraine mais non moins féroce. La honte était sur nous. Nous étions les vaincus d'une guerre que pas un, ou presque, n'avait faite, mais dont tous s'attribuaient la gloire. En tout cas, ceux qui voulaient la faire chanter lors des fenaisons ou qui la poursuivaient sur les chemins pour la faire souffrir. Le monde était noir autour de moi. Malgré la chaleur, il me semblait que mon corps était couvert de neige. Je courais toujours, je tremblais, mais je ne criais plus, n'en ayant plus la force. Des milliers d'images passaient devant mes yeux, me confirmant tout ce que j'avais deviné et que je cherchais depuis si longtemps.

J'ai couru pendant plus d'une heure sur la route et dans les champs, espérant faire taire ces sirènes qui n'arrêtaient pas de hurler. Quand elles ont enfin cessé, je me suis aperçu que je me trouvais à l'endroit où j'avais retrouvé ma mère, un jour qu'elle avait été poursuivie, en surplomb de la rivière. J'étais assis au bord du rocher et, comme elle, je regardais l'eau bouillonner sept ou huit mètres plus bas, dans un remous sombre dans lequel j'allais me jeter pour oublier toutes ces pensées folles qui tournaient dans ma tête. Ce qui m'en a empêché, tout d'abord, ç'a été de rechercher les événements que je n'avais pas su interpréter et qui, aujourd'hui, débouchaient sur une même évidence : j'étais l'enfant d'un Allemand. Mais je me demandais surtout quelles en étaient les circonstances. Ma mère l'avait-elle choisi ? Non ! ce n'était pas possible. Alors ? Que s'était-il réellement passé ?

Plus je cherchais, et plus je constatais que je ne connaissais qu'une partie de la vérité. Et, chaque fois que mon regard rencontrait l'eau bouillonnante sous moi, le besoin de m'y jeter grandissait. Heureusement, le souvenir de ma mère, qui était restée des heures sur ce rocher sans basculer dans le vide, m'aidait à supporter la même douleur qu'elle avait endurée, elle aussi, à cet endroit-là.

Il devait être pas loin de midi. Un grand silence pesait sur la vallée que troublait à peine le tumulte de l'eau sous mes pieds. J'apercevais la route du Bugue, de l'autre côté, à quelques centaines de mètres, mais elle était déserte. Il n'y avait, nulle part, personne pour m'aider. Je me suis approché de l'extrémité du rocher, laissant pendre mes jambes sous moi. Qu'est-ce qui avait bien pu se passer pendant la guerre ? Je repensais à ce que m'avait dit M. Valeyrac des événements de Tulle et d'Oradour. Est-ce que la violence des hommes, ici, avait été la même ? Maria et Célestin disaient qu'ils avaient beaucoup souffert. Avaient-ils perdu quelqu'un, eux aussi ? À force de réfléchir, je ne voyais pas le temps passer. J'étais au-delà du désespoir. Au-delà de tout. Il suffisait de me laisser glisser. Je n'avais presque aucun effort à faire. L'eau m'attendait en bas. J'ai pensé brusquement à Louise et je me suis demandé si elle connaissait la vérité. Il m'a semblé qu'elle devait en savoir beaucoup plus que moi et que, si elle ne m'avait pas parlé, c'était parce qu'elle n'en avait pas eu le courage.

L'après-midi s'avançait. On devait me chercher et pourtant je n'entendais aucun cri, aucun appel. J'ai pensé alors à Gustave et je me suis dit que j'avais été injuste avec lui. Ne m'avait-il pas recueilli, et ma mère également, en connaissant la vérité ? J'ai eu l'impression que tout s'écroulait autour de moi, que je n'avais fait que me tromper, que tout le monde m'avait menti, même ceux en qui j'avais la plus grande confiance. Je me suis alors juré de me jeter dans le vide au premier bruit qui trahirait une présence, pour fuir enfin cette vie qui venait de perdre ses dernières couleurs.

23

— Ne bouge pas ! Surtout ne bouge pas !

Je l'aurais reconnue entre mille, cette voix, et je crois bien que je l'attendais. Un mouvement de panique m'a fait glisser de quelques centimètres, mais je me suis retenu en crispant mes doigts sur le rocher. Je me suis retourné et j'ai dit à Léonie :

— Va-t'en ! Laisse-moi ou je saute !

— Attends, « pitiou », laisse-moi te parler.

J'ai crié, certain qu'elle me mentait une fois de plus :

— Mon père est un Allemand et tu le savais.

— Non, tu te trompes, je vais tout te dire, ne bouge pas !

Je n'avais jamais vu à Léonie un air aussi bouleversé. Son visage avait perdu toute la malice qui l'animait d'ordinaire. Des larmes brillaient dans ses yeux. Cette fois, elle ne mentait pas. Et je l'ai vue, malgré sa jambe raide, venir vers moi et me tendre la main comme j'avais tendu la mienne à ma mère le jour où je l'avais trouvée là. Si je ne l'ai pas saisie, c'est parce que je ne le pouvais pas. C'est Léonie qui m'a pris par le bras et qui m'a tiré vers l'arrière. Puis elle a fait le geste que personne n'avait jamais fait : celui de me prendre dans ses bras. C'est à ce moment-là que j'ai compris qu'elle allait vraiment tout me dire. Car elle avait eu très peur, Léonie, dès que Louise lui avait raconté ce qui s'était passé à l'école. Elle m'a fait asseoir au pied du grand châtaignier qui se trouvait de l'autre côté de l'étroit sentier bordé de fougères.

— Surtout ne dis rien, a-t-elle murmuré, et écoute-moi jusqu'au bout, puisqu'il le faut.

Elle a hésité pourtant, avant de commencer, puis les mots se sont mis à couler de sa bouche et à pénétrer en moi comme des aiguilles.

— Elle était placée chez les Servantie, ta mère, mon « pitiou ». Ce n'étaient pas de mauvaises gens, mais ils avaient peu de bien et la vie était difficile pour eux. Surtout qu'ils étaient très âgés et qu'ils manquaient de matériel, de force, de tout ce qui leur aurait fallu pour vivre sans soucis. C'est ta mère qui faisait la plus grosse part du travail, dans les champs comme dans la maison. Elle n'était pas malheureuse, non, mais comme elle ne regardait pas à la peine, elle n'avait pas beaucoup de temps pour s'amuser. Comment elle l'a connu, lui, je ne l'ai jamais su. Mais je les ai surpris, un jour, derrière une haie. Je n'ai rien dit, bien sûr, parce qu'ils étaient beaux, tous les deux, si beaux que le vent chantait au-dessus d'eux. Je les voyais marcher, le soir, sous la lune, pendant les nuits d'été. Ils allaient si bien ensemble qu'on croyait entendre de la musique sur leur passage.

Léonie s'est arrêtée un instant comme si elle allait renoncer, puis elle a repris après un pauvre sourire :

— Oui, de la musique. D'ailleurs ils dansaient la nuit et se cachaient la journée, parce que, tu comprends, ta mère elle n'avait pas de terres et, lui, il était riche. Ses parents ne la voulaient pas. Alors ils se cachaient pour s'aimer, comme il arrive, souvent, pour ceux qui ne peuvent pas se passer l'un de l'autre. Et c'est vrai qu'ils ne pouvaient pas vivre l'un sans l'autre. Si tu les avais vus courir sur les chemins et rouler dans l'herbe des prés ! Comme ils étaient beaux, et heureux, et tellement insouciants !

Léonie, de nouveau, s'est arrêtée, mais je ne l'ai pas pressée de continuer : j'avais attendu si longtemps ce moment que j'en avais peur, soudain, une peur atroce qui me faisait trembler. Je me suis tu, donc, et j'ai attendu.

— Oh ! ça a bien duré trois ans, peut-être quatre, a poursuivi Léonie. Je crois bien que tout le monde le savait, même ses parents à lui, mais du moment qu'il ne la ramenait pas dans la maison, ils ne disaient trop rien. Et le temps, eux, ils ne le voyaient pas passer : ils avaient trop à faire à s'aimer, à profiter l'un de l'autre comme s'ils savaient que ça ne durerait pas. Et puis il y a eu ce fameux S.T.O., et il s'est caché pour ne pas partir en Allemagne. C'était pas bien difficile : les granges ne manquent pas dans la vallée. C'est là qu'elle le retrouvait chaque nuit. Pour eux, ça ne changeait pas grand-chose. Sauf qu'elle pouvait même le retrouver la journée, puisqu'il ne travaillait plus. Ils ne s'en privaient pas, crois-moi : ils avaient une telle faim l'un de l'autre ! Et puis des maquis se sont formés dans les bois. Lui, il a refusé d'y aller. À cause d'elle, tu comprends : il ne voulait pas la quitter. On ne l'a pas dénoncé, non, je ne crois pas. D'ailleurs ça a continué un bon moment. Tu sais, la guerre, elle était loin. Eux, ils s'aimaient et ne pensaient qu'à ça.

Léonie s'est interrompue une nouvelle fois, a soupiré :

— Ils avaient bien raison, les pauvres, de ne penser qu'à ça.

Elle a hésité encore, comme si tout raconter était au-dessus de ses forces, et j'ai compris que le plus grave était à venir. Mais je n'en pouvais plus d'attendre et j'ai demandé :

— Dis-moi seulement qui c'était, s'il te plaît.

— Attends, laisse-moi t'expliquer. Il faut que je te dise tout, que tu comprennes bien.

Elle m'a serré davantage contre elle, comme si

elle avait peur que je lui échappe et me jette dans l'eau. Moi, je n'avais qu'une envie : qu'elle m'enlève le couteau qui était planté dans mon cœur, et je voulais savoir, à présent, vite, très vite. Elle a repris d'une voix très basse, presque un murmure :

— Au début de juin 44, après le débarquement, les Allemands se sont mis à remonter vers la Normandie. Quand les maquis les ont attaqués sur les routes, ça les a rendus fous. Le 8, je m'en souviens, il faisait très beau. Je m'étais levée de bonne heure et j'avais travaillé le jardin sous un ciel si bleu qu'il m'avait fait oublier la guerre et les bruits qu'on entendait, de-ci de-là, à la suite du débarquement. Comment aurait-on pu savoir ce qui se passait vraiment et les dangers qu'on courait ? Quand les Allemands sont arrivés vers sept heures, sans bruit, et ont bloqué toutes les routes qui menaient au village, on ne les a pas entendus. Ils n'étaient pas nombreux, tu comprends ? On ne l'a appris qu'une heure plus tard, quand les camions sont entrés dans Saint-Martial... Eux non plus ne le savaient pas, les pauvres. Ils avaient dû passer la nuit dans les foins, et ils rentraient, lui vers sa grange, elle vers les Terres blondes, peut-être plus heureux qu'ils ne l'avaient jamais été... Ils ont vu les soldats trop tard en débouchant du bois, au moment de traverser la route.

Léonie, de nouveau, a hésité. Mais elle était allée trop loin, maintenant ; elle ne pouvait s'arrêter là. Elle l'a compris, sans doute, puisqu'elle a poursuivi :

— Ils n'ont pas su se sauver : ils étaient devant les fusils. Alors ils se sont laissé faire et ils les ont emmenés... Après, ils les ont interrogés pour savoir où se trouvaient les « terroristes », comme ils disaient. Ils auraient été bien en peine de leur répondre puisqu'ils vivaient coupés du monde, pensant seulement à s'aimer. Ils s'en sont pris à lui, d'abord : comme il ne parlait pas, ils l'ont attaché à un arbre et ils l'ont fusillé... Elle a tout vu.

Léonie a ajouté, un sanglot dans la voix :

— C'est le grand chêne au bord de la route, tu sais, celui à qui elle parle souvent et qu'elle serre dans ses bras.

Je venais de le deviner. Il m'a semblé que le monde tournait autour de moi. Les sirènes s'étaient mises à hurler si fort que j'ai cru que ma tête allait éclater. Pourtant, j'ai demandé doucement :

— Et elle ?

La voix de Léonie est devenue un souffle. J'ai senti ses bras trembler contre moi quand elle a ajouté :

— Ils l'ont emmenée vers Jumillac. Ils ont continué à l'interroger, sans doute, mais elle ne savait rien... Quand on l'a retrouvée, trois jours plus tard, allongée sur un chemin, elle ne parlait plus et elle portait des brûlures sur son corps et sous ses pieds... Je crois qu'ils l'ont fait marcher sur des braises.

Je n'ai pu m'empêcher de gémir :

— Et moi je suis l'enfant d'un Allemand.

— Mais non, « pitiou », écoute-moi.

La voix de Léonie venait de retrouver un peu de force.

— Tu sais qu'on était parentes et que je l'aidais autant que je le pouvais. Le 2 ou le 3, elle est passée me voir en allant aux champs. Elle avait confiance en moi, bien que je l'aie souvent mise en garde contre ce qui risquait d'arriver. Eh bien, c'était arrivé : elle attendait un enfant, et cet enfant c'était toi.

Il m'a semblé que s'éteignait enfin l'incendie qui brûlait en moi. Mais j'ai hésité encore à la croire et j'ai demandé doucement :

— Qui c'était ? Il s'appelait comment ?

Léonie a soupiré, m'a serré plus fort et a murmuré :

— Mathieu Combessou.

Il m'a fallu de longues secondes avant de réaliser et de demander encore :

— Un fils de Célestin et de Maria ?

— Oui. Le frère de Rose. Le seul qu'ils aient eu. Après le 8 juin, je suis allée les voir pour leur expliquer, mais ils n'ont pas voulu me croire. Il leur a fallu du temps. Mais quand ils t'ont vu, toi, tu lui ressemblais tellement, à leur Mathieu, qu'ils ont compris que c'était vrai : tu étais bien leur petit-fils. C'était trop tard. Gustave l'avait mariée et il t'avait reconnu. C'était peut-être pas tellement légal, vu l'état de ta mère, mais comme Gustave acceptait de la recueillir et de te reconnaître, Ambroise, le maire, a fermé les yeux.

Léonie s'est tue. J'ai revu le regard de Maria, la tombe du cimetière, j'ai pensé à ses malaises du début juin, à Célestin venu me rassurer la nuit de l'orage, au sang sur les mains de ma mère ce jour où elle avait confondu les uniformes des gendarmes avec ceux des soldats, j'ai entendu ses cris devant les braises du feu de la Saint-Jean, ses gémissements sous le chêne de la route, et il m'a semblé tout comprendre en quelques secondes. C'était à la fois insupportable et merveilleux : je ne connaîtrai jamais mon père, mais il avait aimé ma mère plus que tout au monde.

— Quand Gustave est mort, a ajouté Léonie, c'est pour ça qu'ils t'ont pris avec eux. Elle, ils ne pouvaient pas. Ils ont toujours pensé que sans elle leur Mathieu serait encore en vie. Et, aujourd'hui, ils sont bien malheureux.

J'ai demandé :

— Et Luigi ?

— Luigi ? On aurait dit le jumeau de ton père. C'est pour ça qu'elle voulait vivre près de lui, ne pas le quitter.

J'ai repensé à ce qui s'était passé à l'école, il y avait mille ans, me semblait-il, et j'ai demandé à Léonie si tout le monde me croyait le fils d'un Allemand.

— Tout le monde l'a cru, au début, a-t-elle soupiré. Mais, au fur et à mesure que tu as grandi, on a bien vu que tu ressemblais à Mathieu.

Elle a essayé de sourire, a ajouté :

— D'ailleurs, tu le verras toi-même, ils ont un portrait de lui caché dans une armoire.

Léonie s'est tue de nouveau, moi aussi. Mon cœur se calmait peu à peu. Je pensais à ma mère, à tout ce qu'elle avait souffert, et j'avais envie de la soigner, de la rassurer, de lui dire combien j'allais la protéger jusqu'à la fin de sa vie. Alors j'ai demandé :

— Où est-elle ?

— Ne t'inquiète pas. Rose veille sur elle.

Je suis resté un long moment sans bouger. La lumière du jour diminuait un peu et l'air sentait l'herbe chaude. Léonie respirait contre moi, songeant sans doute à ce secret qui était devenu trop lourd à porter et dont elle était enfin délivrée. De longues minutes ont passé ainsi, sans que nous trouvions la force de nous lever. Mon regard se perdait haut dans le ciel où tournaient des hirondelles qui, me semblait-il, se brûlaient au contact du soleil.

— Ça va ? m'a demandé Léonie.

— Oui.

— Alors il faut partir, à présent, ils doivent s'inquiéter.

Je me suis relevé avec peine, puis j'ai aidé Léonie. Tout en marchant près d'elle, j'ai regardé sans la voir la rivière, sur notre droite, qui murmurait sa chanson joyeuse. Où étais-je ? Que s'était-il passé ? Je répétais en moi-même ces deux mots qui m'étaient très doux : Mathieu Combessou, Mathieu Combessou. Je savais que quelque chose de très grave mais aussi de très beau venait de surgir dans ma vie, et je n'avais plus peur. Il me semblait que les sirènes s'étaient tues pour toujours.

Quand nous sommes arrivés à la maison, Léonie a dit à Rose :

— Tu vas l'emmener et lui faire voir le portrait de Mathieu. Je lui ai tout dit.

Et à moi :

— Reviens après, et rapporte-moi le portrait. Tu verras que je t'ai bien dit la vérité.

Je la croyais : elle ne pouvait pas avoir inventé de telles choses. Mais pourtant j'avais hâte de le voir, lui, cet homme que j'avais cherché si souvent, si longtemps. J'ai couru vers Laulerie où je suis arrivé avant Louise et Rose, mais la maison était fermée et j'ai dû les attendre. Il me semblait que toute la lumière du ciel coulait devant mes yeux, que le monde avait changé de couleur. Rose, en arrivant, s'est rendue tout droit dans la chambre de Maria et de Célestin. J'ai attendu en compagnie de Louise sur le pas de la porte.

— C'était ça, mon secret, m'a-t-elle dit. C'est à cause de ce portrait que je suis tombée malade. Je l'ai trouvé un jour, en fouillant dans l'armoire, et il ressemblait tellement à Luigi que j'ai tout compris.

Elle a ajouté, se sentant coupable :

— Je pouvais pas te le dire, tu comprends ? Je pouvais pas.

Bien sûr qu'elle ne pouvait pas : le choc avait été si violent pour elle qu'elle en avait redouté les effets sur moi et s'était tue. Comment lui en aurais-je voulu ?

J'ai répondu en souriant :

— Ça ne fait rien ; tu vois, aujourd'hui je sais tout.

Rose est revenue, portant, tournée vers elle, une photographie dans un cadre. Elle a eu la délicatesse de me le donner à l'envers et de s'éloigner. Je suis alors parti dans la grange. Là, une fois seul, je me suis assis sur la paille où j'avais tant rêvé de lui. Puis j'ai retourné lentement le portrait. Je l'ai peu vu, en cet instant, mes yeux s'étant embués très vite. J'ai entrevu plutôt un visage brun, frisé, un front haut, une large bouche aux lèvres épaisses et des yeux noirs. C'était mon père : Mathieu Combessou. Le sosie de Luigi, mais en plus jeune, en plus gai, aussi, avec un éclat plus vif dans le regard, et quelque chose de chaud, de sacré dans son léger sourire, qui m'a fait l'accepter tout de suite. Comme je la comprenais ! Et comme ils avaient dû être heureux, tous les deux ! Je me suis allongé sur la paille et, fermant mes yeux noyés, j'ai passé de longues minutes à penser à eux.

Je n'ai trouvé la force de partir chez Léonie qu'une heure plus tard. Il y avait un grand silence sur la vallée. Le ciel était vert, à l'horizon. Je savais que les grosses tempêtes qui avaient agité ma vie venaient de se calmer. Je redoutais pourtant le moment où ma mère apercevrait cet homme qu'elle avait tant aimé et qui était mort sous ses yeux. Je l'ai dit à Léonie en arrivant, mais elle m'a répondu :

— N'aie pas peur. Tu sais, après tout ce qu'elle a vécu, ça ne peut que lui faire du bien.

J'ai fait asseoir ma mère de l'autre côté de la table, face à moi. Elle me regardait fixement, se demandant ce que je lui voulais. Puis, lentement, doucement, j'ai fait glisser le portrait sur la table jusqu'à elle. J'ai senti qu'elle cessait de respirer. Elle a relevé alors doucement la tête et a dit sur deux tons, en deux syllabes bien distinctes :

— Ma-thieu.

Puis, des larmes plein les yeux, elle a pris la photo à deux mains et l'a serrée doucement sur son cœur.

24

Plus de dix années ont passé, à l'heure où j'achève de relire ces lignes écrites dans un vieux cahier d'écolier, mais je n'ai pas oublié la douleur souriante de ma mère, ce jour-là. On n'a jamais pu lui reprendre le portrait de Mathieu. Elle le caresse du doigt, elle le regarde des heures durant, mais elle n'a jamais prononcé son nom une deuxième fois. Aujourd'hui, je sais qu'elle ne parlera plus jamais. Je crois, pourtant, qu'elle ne souffre pas, puisqu'un sourire est souvent posé sur ses lèvres et qu'elle chantonne souvent, comme elle chantait sur le banc des Terres blondes lorsque nous étions seuls tous les deux. Elle vit près de moi. Elle ne me quitte pas, même lorsque je travaille la terre ou que je lis, le soir, à côté d'elle, dans la maison que Léonie nous a laissée à sa mort.

Elle ne nous a d'ailleurs pas laissé que la maison, Léonie. Elle avait un peu d'argent de côté, ce qui m'a permis d'acheter quelques terres. Avec celles que je loue, nous avons suffisamment de revenus pour vivre simplement, tous les deux, ma mère et moi, même si tout a bien changé au village et dans la vallée.

Chez les Combessou aussi, tout a changé. Maria est morte peu après ce mois de juin-là d'une crise cardiaque. Célestin a plus de soixante-dix ans. Il ne marche plus. Il fume sa pipe devant la maison et attend mes visites. Quand je m'assois près de lui, il pleure. Il y a longtemps que je leur ai pardonné, à lui et à Maria, de n'avoir pas voulu ma mère qui ne possédait pas de terres. Ils en ont été assez punis comme ça.

Louise s'est mariée avec Alain Condamine et vit à la Gondie, chez ses beaux-parents. Je ne crois pas qu'elle soit bien heureuse. On parle souvent ensemble de notre enfance à Laulerie, des batailles sur les chemins, de sa maladie qu'on avait prise pour la poliomyélite, et on essaie d'en rire, mais c'est un rire qui nous fait mal. Félix et Rose tiennent toujours la ferme de Laulerie. Bégu est mort, et Ambroise, le maire, aussi. Pascaline a fermé le café. Il y a longtemps aussi que l'épicerie de la Miette ne s'ouvre plus pour personne. Louisou, lui, fait toujours du bon pain, et Rosalie continue à ne pas me faire payer les croissants. Notre village s'endort, comme tous les villages de cette vallée que je ne quitterai jamais.

Presque tous ceux avec qui je me suis battu à

l'école sont partis dans les villes : Périgueux, Bergerac ou Bordeaux. Moi, je ne l'ai pas voulu, surtout pour elle, puisque toute sa vie est là. À la rentrée qui a suivi ce mois de juin, je me suis mis à bien travailler à l'école. La directrice de l'Assistance m'a obtenu des bourses et je suis allé jusqu'au brevet, au cours complémentaire de Jumillac. J'aurais pu continuer, mais il fallait partir pour Périgueux. Je ne l'ai pas voulu. J'ai travaillé à la Gondie, chez les Condamine, jusqu'à la mort de Léonie. La directrice m'a alors fait émanciper. J'ai cessé d'être l'enfant des Terres blondes, que tout le monde appelait « pitiou » et qui n'avait ni nom ni prénom. J'ai entrepris des démarches pour devenir enfin ce que j'ai toujours rêvé d'être : Vincent Combessou. Je ne songe pas encore à me marier. Il me faudra trouver une fille qui veuille bien vivre avec ma mère et moi, mais je sais qu'elle existe.

Il y a un an, j'ai pu racheter la petite parcelle où se trouve le chêne de la route. Dès que je suis revenu de chez le notaire, je l'ai coupé. J'ai aussi acheté une quatre-chevaux d'occasion. Le mois dernier, j'ai enfin pu emmener ma mère jusqu'à l'océan. Je l'ai fait danser sur le sable, longtemps, longtemps, jusqu'à la nuit. Depuis, je vois des vagues vertes dans ses yeux. Bientôt, nous y retournerons. Je le lui ai promis.

Parfois, le dimanche, je lui dis : « Mathieu !

Mathieu ! Viens ! Viens ! On va prendre la voiture et aller le chercher ! » Alors elle rit, elle rit, et on court, et on court, et ensuite on roule sur la route et je vois dans ses yeux qu'elle me croit quand je lui dis qu'on le rejoindra un jour, qu'on sera heureux tous les trois parce qu'il n'y a pas d'arbres dans le ciel et qu'il existe quelque part des montagnes qui nous hisseront jusqu'à lui.

Brive, décembre 1993.

Imprimé en France sur Presse Offset par

BRODARD & TAUPIN

GROUPE CPI

10202 – La Flèche (Sarthe), le 06-12-2001
Dépôt légal : septembre 1995

POCKET – 12, avenue d'Italie - 75627 Paris cedex 13
Tél. : 01.44.16.05.00